Philip Schuyler Allen

In Longfellows Pantoffeln und andere Geschichten

Philip Schuyler Allen

In Longfellows Pantoffeln und andere Geschichten

ISBN/EAN: 9783743690868

Hergestellt in Europa, USA, Kanada, Australien, Japan

Cover: Foto ©Andreas Hilbeck / pixelio.de

Weitere Bücher finden Sie auf **www.hansebooks.com**

In Longfellows Pantoffeln

und

andere Geschichten

von

Philip Schuyler Allen.

Instructor in Modern Languages, Allen Academy. Chicago.

———— ◆ ————

Göttingen,
Druck der Univ.-Buchdruckerei von W. Fr. Kästner.
1892.

Inhalt.

Aus dem Tagebuch von T. Jesselson.

Göttingen, Hannover
27. Juli, 1892.

...... Enge Straßen; auf jeder Seite derselben uralte, häßliche Gebäude mit vier Etagen und den vorsindflutigen roten Ziegeldächern. Ein massives Rathaus, mehr als ein Jahrhundert vor der Entdeckung unserer frühreifen Halbkugel erbaut, Kirchen, die die Verehrung und die neuen Osterdamenhüte von zwanzig Menschenaltern gesehen haben, Häuser und Läden, deren sonderbare Façaden die wunderlichsten Baustilblüten zeigen und sich für unsern modernen Geschmack komisch ausnehmen. Eine Stadt, deren Wälle, die heute noch den Göttingern als beliebter Spaziergang dienen, einst im 30=jährigen Kriege von den martialischen Schritten geharnischter Bürger wiederhallten. Der breite Wassergraben ist jetzt ausgetrocknet, ein Teil desselben ist in diesen ruhigen Friedenszeiten in einen botanischen Garten verwandelt. Das vortreffliche Hôtel, die Krone, hat so durch's Alter abgenutzte Treppenstufen, daß es rätlich ist, sich am Geländer festzuhalten, um nicht plötzlich wieder rückwärts zum untersten Teil zu gleiten. — Die

1

schwere Thür meiner Schlafkammer reichte mir nur bis
an den Hals, und es war ein Schloß daran, das wohl
von einem alten Waffenschmied aus dem 16. Jahrhun=
dert gemacht sein mochte; aber mit diesen einzigen Aus=
nahmen war das Hôtel ziemlich modern.

Auf den Gassen über steinernes Pflaster bewegen
sich schwerfällig die Milchwagen, von zottigen Hunden
gezogen, rotgepolsterte Droschken und Handkarren jeder
Art. Auf dem Trottoir wandeln die Offiziere, echte
unverfälschte Gecken, von dem ganz jungen Dachs von
einem Lieutenant aufwärts bis zum Oberst, vom Kopf
zur Zehe tadellos gekleidet. Marktfrauen, Briefträger,
Dienstmänner, Fleischerknechte, Soldaten, Polizisten —
— — — und besonders überall die Studenten, alle
nach demselben Muster zugeschnitten, brandjunge Füchse,
üppige Burschen, und hie und da zwischen ihnen ein
altbemoostes Haupt, dessen tiefe Quarten und Terzen
beinahe gänzlich vernarbt sind, — alle in ihrer bunten
phantastischen Tracht, von der die Corpsmützen —
schwarze, carmesinrote, grüne, blaue — und Brust=
bänder hauptsächlich in's Auge fallen. . . . .
Damen, Herren, Kinder aus den verschiedensten Kreisen
sitzen in gemischter Gesellschaft in den zahlreichen Restau=
rationen, trinken und plappern. Bier! das beste ist
unter dem Rathaus, helles und dunkeles, Berliner Weiße,
Pilsner, Hof= Spaten= Pschorrbräu. Viel Musik,
Cigarren — zehn Pfennige das Stück — Flüstern,
Verbeugen und Gelächter, Schwatzen, Schmauchen und
Raufereien; bissige Köter, ein überall bemerkbarer, un=
bestimmter Geruch von Mettwurst, muffigen Büchern

und schimmeligem Käse — ein solches Bild auf der Weenderstraße. — — — — Von niedrigen Hügeln, glatten Chausseen und hübschen Nebenwegen, herrlichen Wiesen und Wäldern, schönen Gärten und der schmutzig grauen Leine ist Göttingen ganz umgeben. Das Wasser derselben ist — sagt Heine — an einigen Orten so breit, daß man wirklich einen großen Anlauf nehmen muß, wenn man hinüberspringen will. . . . . . . „Göttingen ist eine richtige, wirkliche Universitätsstadt, nicht wie Berlin, wo der Student sich in der großen Volksmenge verliert". Als diese Anmerkung mir eines Tages zu Gesicht kam, sagte ich ruhig Amen dazu. Der Göttinger Bursche verliert sich niemals. Er singt, kneipt, duelliert, läuft hübschen Mädchen nach, verliert sein Geld am Spieltisch, macht Fackelzüge, Fuchstaufen und Renommirbummel — zuweilen, wenn es regnet, geht er auch zu der Klinik, oder hört Vorlesungen — sonst nie. So scheint es mir wenigstens, der ich ein Philister bin. Der Magistrat sollte nur Nachtwächter mit außerordentlich langen Beinen und gutem Athem anstellen. Dann würden wahrscheinlich auch die Stadteinwohner ein wenig schlafen können und die tägliche Anwesenheit in dem Auditorium und im Hôtel de Brühbach in einem gesunderen Verhältnis stehen. . . . . . Mein unverschämter Freund hat mich um diese zufälligen, skizzenhaften Eindrücke vom Göttingerleben gebeten, welche er, wie er sagt, als Vorrede zu einer Auflage meiner Feenmärchen, die ich ihm unter vier Augen erzählt habe, benutzen will. Ich glaube, daß er nicht so närrisch sein wird, wenn es aber un-

glücklicherweise wahr wird und Bert die Burleskschau-
bühne in der Rolle eines Herausgebers betritt, — dann
mögen alle Fehler, Irrtümer und Narrenspossen der
kleinen Broschüre ihm allein zugeschrieben werden.

———◆———

In Longfellows Pantoffeln.

Allein und müde saß ich in einem Schmollwinkel der Kneipe „zur Krone", die sich in geringer Entfernung von meiner Wohnung in der Weenderstraße befand, und beobachtete trübsinnig die Ueberbleibsel eines Welsh Rabbits — so war es auf dem Speisezettel buchstabiert — das der gelehrte Koch aus Schweizer-Käse zu machen versucht hatte.

Der Klabberadatsch lag vor mir auf der Tafel, und ich studierte gähnend ein abscheuliches Zerrbild, das den Fürsten Bismark, sehr karikiert, den Premierminister Gladstone sauer ansehend, darstellte. Der Regen klatschte eintönig auf das Fenster. Es war spät Abends; die Nacht war sehr ungemütlich, und ich schaute unentschlossen zwischen den Sammetvorhängen hindurch draußen auf die leere und öde Straße. Endlich hüllte ich mich dicht in den Gummimantel ein und, dem Fritz ein Trinkgeld zuwerfend, wollte ich fortgehen.

Ich öffnete rasch die Eingangsthür und — rannte in vollem Galopp gegen die Brust einer großen Paletot-.umhüllten Figur, die im Begriff war, einzutreten.

„Verzeihung, mein Herr," sprach eine Stimme, die mir seltsam bekannt vorkam, in ruhigem Tone, als wenn ihr Besitzer nicht soeben beinahe einen Menschen niedergerannt hätte.

„Donnerwetter!" schrie ich erregt, als mein Auge auf die wohlbekannten Züge eines gutmütigen Gesichtes blickte. „Tom Jesselson mit Leib und Bein! Um Himmelswillen, was machst du hier in Göttingen? Komm', du Taugenichts, sollst mir Alles erzählen. Kellner, Aschanti! bringe Kaffee und Schinken, aber plötzlich!"

Tom schüttelte einen wahren Regenstrom von seinem Ueberrock und fuhr sich mit der Hand durch das struppige, kohlschwarze Haar. — Wir zwei waren in derselben Klasse auf dem Gymnasium, später Stubenkameraden auf der Universität gewesen. Dann hatte ich ihn aus dem Gesicht verloren, als er vor einem Jahre nach Kalifornien ging; jetzt war er hier ganz unerwartet in diesem Absteigequartier, als wenn er der ewige Jude wäre.

„Abgesehen von dem Schmisse, bist du noch ganz der Alte."

Er lehnte sich in die Chaiselongue zurück und lachte heftig. „Du bist nüchtern und ernst wie ein Philosoph, Bert," sagte er endlich, indem er sich die Thränen aus den Augen wischte. „Ich muß immer aus vollem Halse lachen, wenn ich nur an den Schmiß denke."

Es trat eine Pause ein, als der Kellner unseren Kaffee auf den Tisch stellte. Tom streckte seine schlanken Beine vor sich aus und sah mich bedenklich an, während er die Hände tief in die Taschen steckte. Das ist so seine Gewohnheit und geht einer Erzählung so unfehlbar vorher, wie die klägliche Weise der Rathaus-Turmuhr der Ankündigung der Zeit.

„Es war am 18ten Juli, Nachmittags," fing er sinnend an.

„Ich wandte mich ab von der genauen Besichtigung einer Motte, die sich die Flügel an der Gasflamme lustig absengte, und unterwarf das gelassene Gesicht meines Gefährten einer ernsten Forschung.

„Flunkerst du auch nicht, Tom?" fragte ich leichthin.

Die Antwort auf meine naive Frage war nur eine Grimasse; er schien sagen zu wollen, daß meine Bemerkung kaum der Rede wert wäre. „Auf meiner armen Nasenwurzel habe ich eine hübsche Schmarre, durch die Trennung der Schleimhaut oder des Knorpels oder irgend etwas verursacht, die . . . . . ."

„Die Folge eines Straßenzanks oder vielleicht eines Boxkampfs mit einem weltberühmten Klopffechter," schob ich schlau ein.

„Für was für einen Raufbold hälst du mich?" erwiderte Tom ruhig. „Die Schramme ist die Folge eines Duells auf der Landwehr."

Es war nichts anderes zu thun, als die Erzählung anzuhören. Die Restauration zur Krone stand leer, abgesehen von einem unschädlichen Staatsbürger, der im Fensterwinkel über der neuesten Nummer der Fliegende Blätter in einen schnarchenden Halbschlummer geraten war. Ich nippte tiefsinnig meinen Kaffee.

„Ja, es war am 18ten Juli," seufzte der Spaßvogel heiter, „ich erinnere mich sehr gut daran, weil das Datum, kurz gesagt, auf meiner — —"

„Nasenwurzel verewigt ist," warf ich artig ein.

„Danke schön," murmelte Tom undeutlich zwischen zwei großen Schlücken Kaffee; „ich konnte mich augenblicklich nicht auf den Namen besinnen. Meine Bekanntschaft mit der wohlklingenden deutschen Sprache war auf einen Fluch beschränkt, den ich aus einer Erzählung des Capitän Marryat kannte, auf die W a c h t a m R h e i n und das Wort W u r s t. Anfangs wollte ich sogleich nach der Residenzstadt Berlin reisen, aber, da ich nicht gern meine Mahlzeiten mit Hülfe eines Thiemeschen Taschenwörterbuchs bestellen wollte, fiel mir die kleine Universitätsstadt Göttingen ein, in welcher mein seliger Vater vor vierzig Jahren beinahe seinen Doctor gemacht hatte. Hier, glaubte ich, würden meine Schnitzer milder beurteilt werden.

Ich ging also direct von dem Dampfschiff „Rhynland" nach meiner Ankunft in Antwerpen dorthin, und, da die Entfernung nur noch die kurze Strecke von ungefähr zwei hundert englischen Meilen betrug (ich kann nie die Distanz in Kilometer angeben), reiste ich mit dem Courierzug und kam nach dreimaligem Wagenwechsel in fünfzehn Stunden an. „Na, wenn das ein Schnellzug war, möchte ich gern mal den Bummelzug sehen," flocht er brummend ein.

„Du hast aber noch die zahlreichen „vier Minuten Aufenthalt," um die Passagiere aussteigen und einige Schoppen Bier trinken zu lassen, ganz vergessen."

„Versteht sich," antwortete Tom. „Es würde eine

schöne Bescherung sein, wenn die Züge nicht für das
Halten sorgten. Liebes Kind, mußt mich aber nicht
fortwährend unterbrechen."

„Wie du mich hier siehst, bin ich auf den gekrümm-
ten Wegen der Eisenbahn dahingerasselt; bei meinem
schlimmsten Feind hätte ich Erbarmen finden müssen.
Anfangs geht's am schlechtesten, murmelte ich — und
hatte Recht. — Wir wollten vom Casseler Bahnhof
abfahren, die Glocke wurde zum letztenmal geläutet, als
die Thür des Coupés plötzlich aufgemacht wurde, der
Schaffner auf das Trittbrett stieg und einen weiblichen
Engel, d. h. eine junge Dame, beinahe in den Wagen
hineinhob. Sie war einfach entzückend."

„Es ist doch aber für Raucher," stammelte sie errötend zum Conducteur — die Thür wurde hinter ihr
mit Heftigkeit zugeschlagen, und wir waren allein.
Es war ein Coupé erster Klasse — Fürsten, Amerikaner und Narren sind gewöhnlich die Insassen. Eine
Fürstin mochte sie wohl sein. Eine reiche Masse gold-
braunen Haares, italienischer Strohhut, graues Prin-
zeßkleid — soviel sah ich über Heyses Marienkind,
das ich zur Uebung las, hinweglugend.

Ich machte das Fenster neben ihr auf, weil sie zu
warm, schloß es wieder, als es ihr zu kalt wurde. Aus
ähnlichem Grunde zog ich die Vorhänge hoch und nieder. Ich bot ihr die Berliner Zeitung an, die
ich gekauft hatte, weil sie vier Zeilen Nachrichten aus
Amerika brachte. Wenn ich nur Deutsch hätte sprechen
können! Weß das Herz voll ist, deß geht der Mund
über, ist ein altes Sprichwort, aber ein falsches. Bloß

meine Augen konnten dem Glanze ihrer Schönheit die Lehnspflicht leisten. Man mag wohl eine Krankheit durch Fasten heilen; warum aber sollte ich nicht mit diesem Mädchen vorschriftsmäßig zu kokettieren beginnen? Weil ein amerikanisches Fräulein mir einen Korb gegeben hatte, wollte ich nicht meine Tage einsam verleben und, vor Kummer grau geworden, ins Grab steigen. Endlich faßte ich mir ein Herz, klemmte mein Monocle keck ins Auge und versuchte mit ihr zu plaudern — aber vergebens. Sie gähnte, lächelte ein wenig hämisch und schüttelte den Kopf, als wollte sie sagen: „Ich kann's nicht herauskriegen." Sie konnte mich ungeschickten Deutschverderber nicht verstehen.

Durch ein malerisches Thal, durch einen langen Tunnel, über eine hohe steinerne Brücke flogen wir dahin; der Angstgeschrei eines Pfiffes, ein jäher Ruck des Eisenbahnwagens — dann fing der Train an noch langsamer zu kriechen und stand endlich ganz still; wir waren in Göttingen angekommen. Welch Behagen, mein Vis-à-vis aussteigen zu sehen! Ich versuchte, ihr das Gepäck zu tragen, sie entrann mir jedoch und ging schnellen Schrittes über den Perron. Als sie in eine Droschke einstieg, hörte ich sie zum Kutscher sagen: „Bühlstraße 90". Schleunigst zog ich mein Notizbuch aus meiner Tasche und las dieselbe Adresse darin; es war die der Frau Geh. Rat v. Hammel, Bühlstraße 90. Je größer der Narr, desto größer das Glück — jedenfalls bin ich ein Glückskind. Auch ich stieg in einen Fiaker, und fröhlich holperte ich über die kieselsteingepflasterten Gassen.

Die Adresse, die ich mir notiert hatte, war mir von einem Bekannten in New York gegeben. Sie war die eines Kosthauses, in dem er, während er Student der Georgia Augusta war, gewohnt hatte. Mein letzter Augenzahn war allmählich gelockert, als wir die Pension erreichten. Ich kletterte die altersschwache Treppe hinauf und wurde, nicht ohne Schwierigkeit, infolge der übergroßen Schlauheit des Dienstmädchens, die starrköpfig meine auswendig gelernten grammatischen Sätze nicht verstehen wollte, in ein großes Zimmer installiert. Der Preis war bescheiden; er betrug achtzig Mark monatlich bei voller Pension — mit Ausnahme der Spesen für Petroleum, das ich indessen niemals brauchte, des unvermeidlichen Servis und des täglichen Schwärzens meines Paars braunroter Schuhe.

Ich machte das Dachfenster auf und schaute herab. Das spanische Flieder-Aroma war mir sehr angenehm, und die kürzlich von Stein erbaute Veranda, halbvergraben von Schlingpflanzen, sah gar nett aus. Meine Augen rasteten zufällig auf einer Marmorplatte, die unter der Fensterbank angebracht war. Sie trug die einfache Inschrift: „Henry W. Longfellow."

Ich wandte mich hurtig um und fragte die Magd, die indessen meine Befehle ruhig erwartete: „Wohnte Herr Longfellow denn in diesem Zimmer?"

Ich sprach Englisch; sie verstand mich aber wahrscheinlich, denn sie nickte mit dem Kopfe und antwortete schläfrig: „Ja wohl."

„Warum ist aber in diesem Falle die Wohnung nicht teurer?" forschte ich wißbegierig. „Es ist nicht geheuer hier, sagt man;" und sie zuckte gleichgiltig die Achseln. Die Thür wurde geschlossen, und ich befand mich allein. Ich nahm mein Wörterbuch aus meiner Tasche und suchte die Bedeutung für das Adjectivum „geheuer."

„Also," dachte ich, während ich mich rasierte und umkleidete, „dieses Zimmer ist nicht geheuer; gut! Vielleicht kann ich endlich, nach drei eintönigen Wochen en route nach dem Vaterland ein echtes Abenteuer erleben. Wenn mich ein Gespenst stört, werde ich es beim atmosphärischen Kragen fassen und es tüchtig durchbläuen. . . . . . ."

Es war elf Uhr Abends. Ich hatte den Imbiß, welcher in dieser Kulturstadt Abendessen genannt wird, gierig genossen, die letzten tragischen Kapitel eines interessanten, aus dem Französischen übersetzten Romans gelesen, meine Briarpfeife dreimal ausgeschmaucht und ein nettes Briefchen an meine Mutter geschrieben. Ich sah mich in der Stube um. Die Lampe brannte niedrig und lange Schatten lagerten sich in den zwei entfernteren Ecken.

Halb im Scherz, ging ich hinüber und tastete im Dunkel mit der Hand an den Wänden entlang. Es war nichts da. Ein Stiefelknecht lag mit der gewöhnlichen Verfluchtheit der unbeseelten Dinge unbemerkt mir zu Füßen. Mit meiner unfehlbaren Geschicklichkeit stolperte ich darüber und lag, lang wie ich war, auf dem Fußboden. Dann that ich etwas sehr Närrisches, aber je nach Umständen doch sehr Natürliches. Ich sprang nämlich zornig auf, raffte mich zusammen und trat aus Leibeskräften mit dem Fuße gegen die Wand. Mein Schuh stieß hindurch. Was hatte ich gethan!

Hier war ein verborgener Raum, in dem ich wohl ein zerstaubtes Skelett oder eine grinsende Hirnschale finden würde. Für den Augenblick war ich außer mir und wagte nicht, ein Glied zu rühren. Dann aber holte ich mit einem erkünstelten Lachen, das mir selbst seltsam und schaurig klang, am ganzen Leibe zitternd, die Lampe, kniete nieder und starrte stumm in die Höhle. Da entdeckte ich eine —"

Tom pausierte und schaute aus dem Fenster. „Es regnet noch," äußerte er unbewegt.

„Potz Tausend!" platzte ich heraus, „es ist unange= nehm, an einem kleinen Feuer gebraten zu werden; sag' mir, was entdecktest du in der Wand, etwa einen eisernen, mit Gold gefüllten Koffer?"

Tom hustete bedeutsam. „Nein," lachte der Plage= geist auf, „etwas viel Besseres. Eine Höhle und — ein Paar rote Zeugpantoffeln. Aber was für schwere Schuhe! Sie maßen wenigstens dreizehn Zoll in der Länge und waren gewiß keine Kinderspielsachen. Ich war von Ehrfurcht erfüllt. Wer das Kreuz hat, der segnet sich — diese staubbedeckten Pantoffeln mochten wohl dieselben sein, welche der göttliche Longfellow ge= tragen hatte. In diesen mochte er vielleicht einst seine hehre Poesie geschrieben haben. Ich war ein sehr glücklicher Kerl, sie gefunden zu haben.

Die Worte der Magd fielen mir wieder ein; diese Kammer war wirklich nicht geheuer. Kehrte denn der Geist des toten Dichters zuweilen zurück und wanderte

er vielleicht alsdann in diesen Pantoffeln umher, auf
dem Schauplatze seiner Jugendthaten? Wenn ich sie
anzog, würde nicht derselbe Geist in meinen prosaischen
Leib eindringen und mir schöne, unvergängliche Jamben
ins Gehirn zaubern? Es überkam mich eine wilde
Fantasie; aber das Licht war beinahe ausgebrannt,
und die unsicheren Strahlen flackerten kraftlos in der
herrschenden Dunkelheit. Eine Glocke zeigte irgendwo
von weitem die Zeit an — Mitternacht. In dem tod-
ähnlichen Schweigen zog ich die Pantoffeln an. Kaum
hatte ich dies gethan, als sich meine Sinne verwirrten,
und ich halb ohnmächtig niedersank."

„Warum geberdetest du dich so verrückt?" warf ich
ein, im wachsenden Erstaunen die Augen groß auf-
machend. „War dein Fall so hart, oder hatte vielleicht dein
Kopf einen tüchtigen Puff gegen die Wand bekommen?"

„Du bist zu brutal," rief mein Gefährte verdrießlich; „es war weder der Fall noch der Puff — es war
der Geist, welcher mich überwältigte." —

Dann geschah etwas Unerwartetes. Mit einem
Löwensprung stand ich wieder auf und kreischte aus
voller Lunge. Dort oben auf dem Schreibtisch regte
sich tückisch eine abscheuliche Riesenschlange und stürzte
sich züngelnd auf mich los. Klebrige Finger zerkratzten
meine Kehle; eine ungeheure Fledermaus schlug ihre
mißgestalteten Flügel vor mein Gesicht." —

„Wahrscheinlich," brummte ich vor mich hin, „hatte
der Geist des verehrten Dichters den Säuferwahnsinn.
Was für einen grausamen Katzenjammer mußte er wohl
am nächsten Morgen haben!"

Tom schlug mich mit solcher Heftigkeit auf die Beine, daß ich zusammenzuckte. „Drei Tage Regenwetter!" fuhr er fort, „ich hatte mein Abenteuer, mit aller Gewalt. Klatsch! Klatsch! In einem Augenblick wurde die Thür eingestoßen, und zwei Polizeidiener traten vorsichtigen Fußes herein. Hinter ihnen marschierte die würdevoll aussehende Wirtin und eine bunte Menge Kostgänger beiderlei Geschlechts in dürftigster Toilette! Die Polizisten ergriffen mich beim Kragen und rüttelten mich, daß die verwünschten roten Pantoffeln fortflogen.

„Ach, Himmel!" stöhnte die Frau Geh. Rat, „da sind die Schuhchen des lieben, armen, amerikanischen Studenten Karl Schmidt, der voriges Jahr ganz verrückt wurde."

Bei diesen Worten erlangte ich das Bewußtsein wieder. Ich schlug einen Gendarm nieder — der andere Laffe ließ mich bald los. Dann warf ich mich theatralisch der Wirtin zu Füßen und schluchzte laut weinend: „Der arme Karl war mein Bruder!" Das war ein Meisterstreich, nicht wahr?

Zwei Thaler besänftigten die verletzten Gefühle der Polizisten; sie machten sich langsam aus dem Staube, ohne Zweifel die ganze Sache für einen übeln Scherz haltend. Frau v. Hammel befahl den Pensionären sich zu entfernen, einsam blieb ich zurück — mit den Pantoffeln.

Ich sagte nichts mehr von Herrn Longfellow oder seinem Genie; den nächsten Tag am Kaffeetisch erzählte ich die furchtbar traurige Geschichte meines neuen Stief bruders Karl Schmidt — welche ich den Umständen

besonders angepaßt hatte. Es war ein glücklicher Griff;
anstatt eines Gegenstands des Gelächters, warb ich der
Abgott der Pension, und, zu meiner Freude kann ich
sagen, ich bin es noch. Ich wohne jetzt in demselben
Zimmer; doch seh' ich nie die Longfellow-Marmorplatte,
ohne zu lachen und an meinen Halbbruder zu denken.
Mein einziger Todfeind im Hause ist der kleine Haupt=
mann Wolff, ein Wiener Gigerl durch und durch. Er
erzählt feierlich, öffentlich und unentgeltlich, daß ich an
jenem verhängnißvollen Abend des 18ten Juli, zu viel
gekneipt, — daß ich vorher nichts von Karl Schmidt
gewußt hätte."

„Und das Duell," fragte ich, „das du auf der
Landwehr ausfochtest?" „Hatte ich mit dem Hauptmann
Faxenmacher," versetzte Tom, gähnend. „Und die hüb=
sche, reizende Göttin, der du im Coupé begegnet warst?"
„War die unschuldige Ursache davon," erwiederte mein
Freund sanft. „Das ist aber eine andere Geschichte.
Später werde ich dir einmal von meiner Marie vor=
tragen. Komm', Augapfel, es ist spät; wir müssen
ein wenig schlafen, was?" Und wir verließen die Krone.

Die Gasflamme vor dem Parterre der Ratsapotheke
brannte glänzend. Eine vorübergehende, schwer wan=
kende Studentengruppe sang „Der Papst lebt herrlich
in der Welt." Zwei Hunde — vielleicht ein hündischer
Romeo und seine entfernte Julia — bellten unaufhör=
lich durch den Regen.

„Bert," sagte Tom ernsthaft, „erzähle niemand
jemals dieses Märchen."

Und ich habe es auch niemals gethan.

Viel Lärm um Nichts.

An einem schwülen Nachmittage im August schlenderte ich am Bismarck-Turm vorüber. Die Sonne brannte unleidlich heiß aus einem unbewölkten Himmel herab, und große Schweißtropfen standen mir auf der Stirn; die Kaltblütigkeit eines Heiligen hätte es kaum ertragen können. Die Stadtbadeanstalt sah verführerisch aus, aber da ich aus derselben zahlreiche gellende Stimmen hörte, so zog ich die Hitze und die Einsamkeit dennoch einem erquickenden Bade vor. Die schöne Silhouette der sanft ansteigenden Hügel, die sich so weit wie das Auge sehen konnte, vor mir dahinzogen, das Zwitschern der herumfliegenden Vögel, die gigantischen Schatten der stämmigen Linden und Buchen — all diesem Zauber gegenüber blieb ich höchst gleichgültig.

Vor einer halben Stunde hatte ich zwei Briefe aus Amerika vom Postamt geholt. Der eine war ein Geschäftsbrief, der andere trug die Handschrift meiner Mutter. Begierig zerriß ich das Couvert des letzteren. Ein Zeitungsausschnitt fiel daraus zu Boden; sorglos bückte ich mich und hob ihn auf. Es war der Bericht über Adelens Hochzeit.

2

Früher hatte ich Adele sehr lieb gehabt, und obwohl wir niemals viel darüber gesprochen hatten, war es dennoch ein öffentliches Geheimnis, daß wir dereinst ein Paar werden würden. Wir hatten einen flatterhaften und platonischen Briefwechsel angefangen; allmählich war derselbe jedoch eingeschlafen. Hier war in lebendigen Worten ihre Hochzeit mit einem reichen Manne erzählt, welcher alt genug war, ihr Großvater zu sein. Glänzendes Gold! Das würde sie ja nun genug haben und — ihren Kahlkopf mit seinem Podagra dazu. Wie namenlos poetisch!

Ich war im Begriff, in den Schwarzen Bären einzutreten, um den Durst, welchen diese schreckliche Kunde und die finstere Betrachtung darüber erweckt hatten, zu löschen, als ich mich an den unverbesserlichen Tom erinnerte. Er würde mich trösten, wenn es Jemand konnte, und mich mit seinem Köstlichsten und Reichlichsten bewirten.

Ich bog daher in die Bürgerstraße ein und spazierte rüstigen Fußes zu der Wohnung der Frau v. Hammel nach der Bühlstraße. Unangemeldet klopfte ich heftig an die Thür seiner Stube, und auf sein lebhaftes „Herein!" trat ich ein.

„Herzensfreundchen," begann Tom, als ich die Thür hinter mir schloß, „nimm bitte Platz und mach' es dir bequem. Vom Erhabenen zum Lächerlichen ist nur ein Schritt. Ich schreibe ein Sonett auf Marie, es wird erhaben. Du — Bertram — trittst ein, das ist lächer . . . . ."

Der Sprechende bückte sich gewandt, um dem Sophakissen, das ich nach seinem Kopfe warf, auszuweichen. Es traf den Gebäckteller und ein Kaffee=Service, welche auf dem runden Tisch vor dem Sopha aufs geschmack= vollste arrangiert waren.

„Bilderstürmer, was machst du?" schrie Tom mit erheucheltem Ernst. „Sieh', all mein Kaffee und Zwie= back ist verdorben, und meine schönen Wienerwürste sind in alle Winde verschlagen — willst du mich ver= hungern lassen? Nimm jetzt deine Schnabelkappe ab, wenn du ins Haus kommst, solche Kleinigkeiten ge= hören dazu; verstanden?"

Der junge Herr war heute augenscheinlich bei guter Laune. Er lehnte sich im tiefsten Négligé ruhig in einem niedrigen Fauteuil zurück, summte den Walzer aus „Dem Vogelhändler" und trommelte lustig mit den Fingern auf dem Fensterglas.

„Tom," fing ich plötzlich an, „im bösesten Sinne des Wortes hab' ich das Heimweh. Erzähle mir eine Geschichte, aber, gieb Acht, keine unglaubliche."

Der Schurke drückte die Hände vor seine Brust und versetzte hochtrabend: „Wie Durchlaucht befehlen! Was für eine soll es sein, traurig, drollig, tragisch? Halt, ich hab's! Diese Geschichte, Söhnchen, ist in keinem Laden mehr zu haben, sie ist gleichzeitig wahr und mein Original. Sie schmeckt immer nach mehr. Wir werden unser Märchen „Viel Lärm um Nichts" nennen. Dieser Titel ist gedankenreich und ergötzlich."

Tom runzelte die Stirn und war ein paar Se= kunden lang in Nachdenken versunken. Dann sagte er mit ernster Miene:

2*

„Ich kam hier zu der Pension der Frau Geh. Rat
v. Hammel, wie ich dir sagte, Alter, auf die Empfeh=
lung eines meiner Bekannten und wirklich ohne eine
Ahnung von dem Hiersein der Marie — bis ich die
Adresse, welche sie dem Kutscher gab, hörte. Da aber,
im Vertrauen gesagt, würde ich nirgends anders hin=
gefahren sein, wenn man mir auch fünfzig Tausend Thaler
geboten hätte. Das klingt wie die Wahrheit, gelt,
Allerliebster?"

„Ja wohl," seufzte ich gefühlvoll, weil ich an die
treulose Adele dachte. „Weiter, verehrter Herr, du in=
teressierst mich gewaltig." Ich drückte mich auf der
Fensterbank in die Ecke, und der Erzähler fuhr, nach=
dem er aus seiner Pfeife große Rauchwolken an die
Decke emporgepustet hatte, sogleich fort:

„Es ist überflüssig, zu sagen, daß ich kein Herz von
Stein habe. Ein einziger Blick aus den veilchenblauen
Augen von Marie, und ich armer Junggeselle war ab=
gethan. In meinem Sonett dort auf dem Pulte habe
ich sie ein Zuckerplätzchen genannt, und das Wort be=
schreibt sie dir vollkommen. Aller Anfang ist schwer;
zuerst stand ich mit ihr nicht in ganz gutem Verneh=
men, weil sie, wahrscheinlich nach meinem verschmach=
tenden Blicke urteilend, glaubte, daß ich gefallsüchtig
sei. Das gab mir einen Stich ins Herz, besonders
wenn ich sah, wie gern sie den Capitän hatte.

Der Hauptmann Wolff spielte oft beim Gabelfrüh=
stück den Witzigen mit solcher wunderbaren Ungeschick=
lichkeit, daß man wohl aus der Haut fahren mochte.
Er saß Marie zur Rechten, ich ihr zur Linken — wir

beibe waren in bie ſchöne Nichte ber Frau v. Hammel, bie auß ſehr guter Familie iſt, ganz unb gar vernarrt. Der unbeſonnene Wolff ging mit ber Bewerbung in entſetzlich ſchnellem Tempo blinblings vor. Ich meiner= ſeits bachte, „Eile mit Weile“ unb trieb mein Spiel behutſam. Obgleich ich unterbeſſen bebeutenbe Fort= ſchritte in ber Gunſt ber jungen Dame gemacht hatte, ſo hatte mein Nebenbuhler in einer Weiſe einen Vor= teil über mich — er war ein Frühaufſteher. Jeben Morgen beinahe mit Tagesanbruch, wenn ich erwachte, beobachtete ich, wie er mit ſeinem blöben Grinſen leiſe mit Marie in ber Gartenlaube ſchwatzte, währenb ſie bie Jasminblüten ober bie roten Roſen für ben Früh= ſtückstiſch pflückte.

Das geht in ber That nicht an, bachte ich von Tage zu Tage beunruhigter. Ich muß bieſer Sache Einhalt thun, zu bieſer unterhaltenben Komöbie einen letzten Akt anſetzen, aber wie? Ich möchte gern aus ber Not eine Tugenb machen unb ihn erbroſſeln; baß würbe bennoch zu gefährlich ſein, beſonbers wenn er aufſchriee. Ich möchte ihn in Stücke ſchneiben unb im Ofen bort am Enbe bes Gemachs verbrennen; geſetzt aber, er würbe ein ſolcher grüner Zweig ſein, baß er bas Feuer auslöſchen würbe, bann würbe es eine miß= liche Sache ſein.

Es war unzweifelhaft, bie Sache erbulbete keinen Aufſchub. Wie es auch ausfallen mochte, ich mußte Etwas unternehmen. Es war hohe Zeit, mit meinen ſchwachen Kräften Marie aus ben Hänben bes bummen Hauptmanns zu befreien. Ich ſaß wie immer bem

Glücke im Schoße, und soeben, als ich in das Ver=
zweiflungsthal geraten wollte, kam ein Geheim=Polizei=
Agent mir zu Hülfe, und nach Austausch weniger Worte
entführten wir eilfertig den Mitbewerber."

„Polizeiagent! Entführung!" entgegnete ich, matt
wie eine Fliege. „Was sind das für Wörter?"

„Schweig' nur!" gebot Tom mit drohender Stimme,
„oder ich werde meinen Schnabel halten, und du wirst
dabei viel verlieren."

Es war nämlich vor ungefähr sechs Monaten in
Prag, daß ein Apotheker mit der verirrten Gattin eines
wohlhabenden Fleischers davon lief und zehntehalb Tau=
send demselben gehörende blanke Gulden mitnahm. Der
Ehemann konnte das erste Unglück wohl ertragen, das
andere aber nicht. Er weinte mit dem Juden im Kauf=
mann von Venedig: „Meine Ducaten, mein Weib", und
vernünftig genug benutzte er die Dienste eines ungarischen
Schweißhundes, des Geheim=Polizei=Agenten Schnapps.

Letzterer hatte unablässig die Spuren der entflohe=
nen Liebesleute bis zum Bahnhofe in G —— —— ver=
folgt. Zwei unendlich lange Wochen wanderte er stumm
und zwecklos auf Nebenwegen, bis er müde war, ohne
sie zu entdecken. Er war auf dem Punkte, sie verloren
zu geben und wollte zurückkehren, als er mir eines
Morgens begegnete, während ich geduldig auf den Brief=
träger wartete und dabei meine Verdauungs=Cigarre
rauchte.

Er verbeugte sich und fragte höflich: „Wohnen Sie
hier, mein Herr?"

„Ich verstehe nicht gut Deutsch," erwiderte ich lang=

sam, „wenn Sie aber vielleicht einige Brocken Latein,
Neuarabisch oder Englisch sprechen, so stehe ich zu Ih=
ren Diensten."

Er starrte mich verdutzt an und machte eine unge-
duldige Bewegung mit der Schulter. „Ich bin vor
zwei Jahren in Amerika gewesen. Ich spreche natür=
lich sehr richtig Englisch."

Er wollte damit auf den Busch schlagen, und wirk=
lich verstand ich eine Viertelstunde lang seine Absicht
nicht. Endlich durchschaute ich jedoch seine Meinung.
Eine böse Idee kam mir in den Sinn: Eine so gün=
stige Gelegenheit bietet sich nur einmal im Leben.

„Ihr verdrießliches Suchen, lieber Kamerad," lächelte
ich leise, „scheint beendet. Wenn ich mich nicht irre,
so kann ich Sie sofort auf die richtige Spur bringen.
Es giebt eine große Belohnung dafür, gelt?"

„Im Gegenteil, eine sehr kleine," erwiderte dieser
ängstlich.

„Es schadet nichts," sagte ich großherzig, „ich wünsche
sie nicht. Kommen Sie doch mit." Geräuschlos führte
ich auf der Stelle meine kleine Schmeißfliege die Treppe
hinauf, schnippte mit den Fingern durch die Luft und
flüsterte melodramatisch: „Schauen Sie dort in meiner
Bude über die spanische Wand zum Fenster hinaus,
und Sie werden im Garten gerade Ihnen gegenüber
zwei Gestalten sehen. Die eine ist, glaube ich, die des
Apothekers, den Sie suchen, die andere die der Frau
Fleischerin."

„Merke wohl, Bert, daß ich „glaube ich" sagte."

Gierig verschlang mein Trottel den Köder. Er stu=

dierte neugierig das Gesicht des Hauptmanns, sowie auch das der Musiklehrerin, einer Jungfrau von vier= zig Jahren, die eine Rose im Knopfloch des Gigerls befestigte. Zu meinem unbegrenzten Erstaunen war der Polizist auf das höchste gespannt.

„Ei, der Tausend!" rief er. „Vortrefflich! Dort ist mein Apotheker, ja, wie er leibt und lebt. Hagere, kleine Figur, blondes Haar, vorschriftsmäßiger Wilhelms= bart, zwei Schmisse, Stumpfnäschen — kurz, alles. Fleischerin: Brille — kein Backfisch — große Füße, dicke Taille, ein wenig hinkend; ich erinnere mich ihrer genau, weil . . . ."

„Sie müssen aber schnell machen," warf ich mit gut gespieltem Schreck ängstlich ein, „sonst möchten sie Ihnen wieder entrinnen."

Bei diesen Worten wandte sich der Polizist plötzlich zu mir und ergriff meine beiden Hände. „Herr," sagte er lustig, „Sie haben mir einen guten Dienst geleistet, niemals werd' ich es vergessen."

Und ohne Zweifel wird er es nie. Schnell lief er leise die Treppe hinab. „Ich will die geprellten Ver= schwörer überraschen," rief er. Sein Wunsch war voll= ständig erfüllt.

Ich sah von meiner Stellung am Fenster, wie er geräuschlosen Fußes, still wie ein Kater, sich hinter das verdächtige Paar heranschlich. Er zog die Handschellen hervor und befestigte sie blitzschnell an den Gelenken des erstaunten Wieners. Dann nahm er mit außer= ordentlicher und unwiderstehlicher Anmut den Hut ab und hustete bedeutsam.

„Herr Erzschuft," kicherte er scherzend zum Hauptmann, „als Zeichen meiner Hochachtung bitte ich Sie diese kleinen Manschetten anzunehmen." „Sie, Madame," fuhr er zu der armen Musiklehrerin gedehnt fort, „lasse ich in Frieden. Ihr Ehemann hat es ausdrücklich so bestimmt."

Darnach ergriff er den zitternden Capitän, der glücklicherweise ein schwaches Männchen war, und trug ihn fort. Da berührten Fingerspitzen sekundenlang meinen Arm — ich wandte mich um und sah Marie lachend, daß ihr die Thränen die hübschen Wangen herabliefen.

„Was soll ich ohne meinen Hauptmann machen?" seufzte sie mit possierlicher Traurigkeit.

„Du hast ja mich, Kleine," flüsterte ich sanft, „ist das nicht wahrhaftig besser?"

„Man muß mit dem zufrieden sein, was einem beschert wird," erwiderte sie. — Wir wurden auf der Stelle einig, und ich schreibe jetzt Sonette an „meine" Marie. Der Polizist war in der That mein guter Engel, ohne ihn wäre ich nie so glücklich geworden."

„Und was wurde aus dem Hauptmann?" fragte ich.

„Es ist schade," seufzte Tom sehr melancholisch, „aber er wurde bald freigelassen, wie es sich von selbst versteht. Er warf mir eine ganze Reihe herber Kernwörter an den Kopf, beleidigte mich vier- oder fünfmal, und wir schlugen uns auf der Landwehr. Da ich ein Anfänger der Fechtkunst bin, bezog ich mehrere Schmisse, — ganz nette Durchzieher — das macht aber nichts, denn ich gewann Marie. Der Capitän ist nach Wien zurückgekehrt."

„Und wie," lachte ich, „machteſt du die Sache mit
der Muſiklehrerin wieder gut?"

„Ich küßte ſie — natürlich ganz aus Verſehen; ich
werde dir ſpäter davon erzählen. — Apropos, gehſt
du heute Abend zum Stadtpark? Dort iſt ein großes
Concert von der fremden Militär=Capelle, und wir
können da eine Menge der echten, vornehmen, engli=
ſchen Mädchen ſehen, die ungerührt auf alles ſtarren,
mit ihren enormen Füßen ſchwerfällig herumwandern
und hochnäſig ſagen, daß Göttingen nicht halb ſo fein
wie Brighton oder Rye iſt. Wir können auch überall
Amerikaner antreffen, die unſerem heißen Sommer drü=
ben aus dem Wege gegangen ſind. Sie flüſtern ſo
leiſe mit einander, daß man kaum die Blasmuſik hören
kann, lachen fürchterlich, wenn ſie etwas Unamerikani=
ſches ſehen, und unterhalten ſich fortwährend über Paris.
Sie ſind in dreiundzwanzig Tagen durch ganz Europa
gereiſt und kennen Alles. Du wirſt mit Grauen das
gar nicht ſehr zahlreiche Publikum zwei= bis dreitauſend
Liter Bier trinken ſehen und hören. Du haſt wirklich
keine Ahnung, welche Unmaſſen von dem bernſteinfarbe=
nen Decoct ein menſchlicher Magen aufnehmen kann,
ehe du es geſehen haſt. Sollen wir gehen, Teuerſter?"

Ich nickte, und wir gingen zuſammen die Schulſtraße
herauf.

Auf dem Courierzug.

Was hatte der Gelbschnabel jetzt gethan!

Es war ein Anblick, der mir niemals aus dem Sinn kommen wird. Zuerst kam Tom im Laufschritt die Lindenallee entlang zum Vorschein, ohne Hut, schnaubend und pustend im vollen Sonnenlichte wie ein Engbrüstiger, während seine langgezogenen Beine sich rascher bewegten, als ich es je gesehen hatte. Ihm folgten dicht auf dem Nacken zwei räudige Doggen und drei Stadtsoldaten. Ein Schwarm Studenten und Städter bildete den Nachtrab. Schreiend, heulend, bellend — alles zusammengenommen, konnte man wohl glauben, daß die Hausgenossen eines Narrenspitals ausgebrochen wären — jagte der sonderbare und staubige Zug an mir vorüber.

„Halt, oder ich schieße!" rief einer der Polizisten hinter Toms flatternden Rockschößen her.

Als Antwort auf diesen Befehl sprang mein Junker über einen verspäteten Puppenwagen, der ihm gerade im Wege stand, schlug einen dickbäuchigen, massiven, sehr erstaunten Außerordentlichen-Universitäts-Professor zu Boden, und, nachdem er sich umgewandt und in der Ferne den Schmeißfliegen eine lange Nase gemacht, bog er hastig um eine Ecke und verschwand aus dem Gesichtskreise.

Was hatte mein selten begabter Unglücksrabe gethan?

Ich hatte große Lust, ihm zu folgen, aber entschloß mich nach reifer Ueberlegung, für eine kurze Zeit still hier zu bleiben. Ich war auf die Folter gespannt. Jeden Augenblick fürchtete ich, Tom zwischen zwei Polizeidienern zurückkehren zu sehen. Warum konnte der Hitzkopf nicht einen ganzen Tag zubringen, ohne in eine Klemme zu geraten? Alle vierzehn Tage wenigstens mußte er sehr schnell laufen, wenn er nicht im Carcer seine Wohnung aufschlagen wollte. Er war zu unruhig. Erst heute vor acht Tagen hatte er Knall und Fall den Pensions-Stiefelputzer die Treppe hinuntergeworfen, weil dieser ihn beim Rasieren ins Lachen brachte, so daß er sich ins Kinn schnitt; Simson war ein Pfuscher gegen Tom. Als ich Tom fragte, warum er den Menschen so übel behandelt hätte, sagte er, daß er sich immer langweile, wenn er des Morgens nicht seine gewohnte Leibesübung haben könne. Deshalb glaube ich, daß der arme Knecht sich jeden Morgen regelmäßig wie ein Uhrwerk die Treppe hinuntergestoßen fühlt.

Mittlerweile saß ich an einer vom Zahn der Zeit benagten Tafel auf der links am Walle gelegenen Terrasse des Gebhard'schen Hôtels und entfernte traurig ein paar Mücken aus meiner Butter. Es war ein Uhr Nachmittags. Unter mir lachte und schwatzte eine Menge Spaziergänger; in der Ferne hörte man fortwährend die Züge, Droschken und Postwagen am Bahnhof. Das Klirren und Klappern der Schüsseln, das muckische Gewimmer eines Kindes und das Schmettern einer Posaune der entfernten k. k. Militärkapelle — dieser Mischmasch hätte einen ins Tollhaus bringen können. Meine Gedanken kehrten zu Tom zurück, und ich bekam infolgedessen ein solches Zähneklappern, daß ich kaum essen konnte.

Der Wirt beugte sich mit devot gekrümmtem Rücken zu mir herab und sah mich frohlaunig an. Er lachte, daß ihm das kreisrunde Mägelchen wie ein Blatt im Herbste zitterte. — „Hol' mich der Geier," brummte er vor sich hin, „einen solchen Teufelskerl wie den Tom habe ich nie gesehen!"

„Wissen Sie, was er gemacht hat?" fragte ich.

Der Alte schüttelte traurig mit dem Kopfe. . . . „Nein," seufzte er, „aber es war natürlich etwas Fürchterliches. Er ist ein lustiger Kauz und muß immer teuflische Zerstreuung haben, aber er hat das Herz auf dem rechten Flecke."

Aengstlich spazierte ich schnellen Fußes auf dem Heimwege die Alleestraße entlang, und binnen wenigen Minuten stand ich vor der Thür meiner Bude in der Weenderstraße. Wie groß war mein Erstaunen, als ich die Thür verschlossen fand! Der Schlüssel, welcher gewöhnlich im Schlosse steckte, war weg. Heftig donnerte ich an die Thür.

„Wer ist da?" flüsterte eine bebende Stimme.

Ich räusperte mich. — „Ein Gendarm, der Eintritt fordert," murrte ich mit schauerlich tönender Grabesstimme. „Dein letztes Stündlein auf Erden hat nun geschlagen!"

„Papperlapapp, du Junge! — Rede kein Blech. Mir war anfangs sehr bange," erwiderte der Flüchtling, als er langsam die Thür aufmachte.

In meinem wollenen Schlafrock, meinen Pantoffeln und meinen neuen Sonntagsnachmittagsausgehehosen sonnte sich der verworfene Kerl lustig am Fenster. Das paßte gar nicht in meinen Kram.

„Tom," sagte ich verdrießlich, „sag' mir, bitte, gefälligst, wann wirst du endlich lernen, dich wie ein gebildeter Mensch und nicht wie ein roher Barbar zu benehmen?"

„Am St. Nimmerstag vielleicht," erwiderte der Angeredete müßig. „Es hat damit doch keine pyramidal große Eile. Nur dir macht die Sache Kummer." Und er strich sich sorglos das weiche Schnurrbärtchen, indem er dasselbe sanft durch die Finger gleiten ließ. „Ich bin kaum dem Sonnenstich entronnen, so eilig habe ich es gehabt, dich wieder zu sehen. Ich lief die ganze Strecke von dem Depot her und habe eine diabolische Migräne bekommen. Ich hoffe nur, daß ich nicht die galoppierende Schwindsucht haben werde."

„Warum," fragte ich mit resigniertem Ton, „liefen denn die Polizeidiener auch?"

„Ich weiß nicht," lächelte er, „ich hielt mich nicht auf, sie zu examinieren. Man soll nicht zu neugierig sein, dünkt mich, — jedermann soll seine Nase nur in seine eigenen Angelegenheiten stecken, dann werden die Menschen nicht krakeelen."

Hörte man je eine solche Unverschämtheit! — „Pardon!" sagte ich satirisch, „du hast Recht, wie immer. Lange Beine sind beinahe so gut wie ein unbekümmertes Gewissen. Du mußt das spießbürgerliche Motto einrahmen und über die Thür hängen lassen."

„Unterdrücke deine Katzenmusik, Herr Schnatterer,
sie ist unpassend; ich ersticke vor Zorn. Jeder ist sich
selbst der Nächste — wenn du für einen Taschendieb=
stahl im Omnibus arretiert bist, dann werd’ ich die
ganze Nacht vor dem Fenster deines Kerkerlochs sitzen
und heulen. Ohne Umschweif, Brüderchen, ich habe
nichts Schlimmes gemacht; es war nur ein Mißver=
ständnis, und wenn du mich nicht meuchlings auf=
giebst, so werd’ ich dir einen kolossalen Ulk, wie du
keinen ähnlichen je gehört hast, erzählen. Komm, es
schmerzt mich zu sagen, ich habe einen unbändigen
Mordshunger. Bestelle sofort etwas zu essen und zu
trinken, dann werde ich mit dir sprechen; tummle dich!“

Mein Unwille konnte nicht von langer Dauer sein,
besonders als ich auf das braune, von salomonischer
Weisheit strotzende Gesicht meines Freundes schaute,
auf welchem sich ein sehenswerter Ausdruck komischen
Behagens spiegelte.

„Ich hatte zum Kuckuck keine andere Idee, als daß
du heute Nacht im Gefängnis schlafen würdest,“ lachte ich.
„Man weiß nimmer, was du die nächste Sekunde auf=
stellen wirst — eine Expedition nach dem Nordpol oder
nach dem Mittelpunkt der Erde. Später werd’ ich dir
darüber eine Gardinenpredigt lesen, jetzt hab’ ich keine
Zeit.“ — Damit verriegelte ich die Thür, nachdem die
gütige Wirtin meinem armen Paria ein Krüglein Apfel=
wein und Knupperkuchen gebracht hatte. „Bataillon —
marsch,“ schrie ich; worauf Herr Jesselson, der inzwischen
in meinem Korbstuhl Platz genommen hatte und sein
lukullisches Mahl heißhungrig verschlang, begann:

„Ich weiß kaum, wo mir der Kopf steht. Heute ist, wenn ich mich nicht irre, Donnerstag. Es war also Sonntag Abend, daß Marie und ich in dem Pensions= garten unter den sanften Strahlen des Vollmondes saßen. Morgens waren wir zur Sanct Johannis=Kirche gegangen — hinter dem Rathaus. Ich saß auf dem ungepolsterten, steinharten, mit hoher Rückenlehne ver= sehenen Kirchenstuhl, sang eine der berüchtigten sieben Verse langen Hymnen und, nachdem ich vergebens den nichtssagenden Gesichtern der andachtsvollen Zuhörer irgend welches Interesse abzugewinnen versucht, nachdem ich den Worten des Pastors, der so hoch über mir predigte, daß ich durch das fortwährende Aufschauen zu ihm einen steifen Hals bekam, eine Zeit gelauscht — sank ich sanft in Morpheus' Arme.

Ich glaube, daß ich ein wenig schnarchte, denn ich hörte im Traume ein fürchterliches Gewitter. Dann schürzte sich der Knoten; ich war jählings wieder in San Francisco, und ein Straßenbettler warf mir einen Backstein ins Gesicht. Da ich mich nicht gern von dem Wurfgeschoß treffen lassen wollte, fuhr ich mit dem Kopf wie toll zu Boden — hierbei erwachte ich — nur um zu finden, daß mein Schädel reizend auf Ma= riens Schulter ruhte, und daß die nächsten Nachbarn in ein hysterisches Gekicher ausgebrochen waren.

Da war ich in einer schönen Patsche. Es würde Heuchelei sein, zu sagen, daß die Kleine den Rest des Tages nicht wütend war; kaum konnte ich sie durch vieles Betteln bewegen — sie ist nämlich eine junge Dame, die die Nase ein wenig hoch trägt — mit mir

in dem Garten spazieren zu gehen. Sie sah so bezau=
bernd und hübsch aus, und ihre Schelmenaugen funkel=
ten so entzückend in dem Halbdunkel, daß ich wohl
kaum zu sagen brauche, daß mein gerechter Groll, den
ich auf Marie gefaßt, wie der Wind verflog und wir
in allerliebster Weise unsere erste Versöhnung feierten.
— Letztere dauerte wenigstens fünfzehn goldene Minuten.

Da überkam mich wie ein Blitz ein Gedanke — ich
hatte ihr niemals einen Verlobungsring gegeben. Zu=
weilen bin ich seltsam geistesabwesend, und ich war so
beschäftigt gewesen, Marie die Cour zu schneiden, daß
ich das Liebespfand ganz vergessen hatte.

Nächsten Tages stand ich sehr früh auf und fuhr
mit dem Neun=Uhr=Zuge nach Berlin. Dort kaufte ich
einen schönen Ring; nachdem ich ihn bezahlt hatte,
war ich noch mit der respektablen Summe von drei
Mark ausgerüstet, abgesehen von dem Retourbillet. Da
ich nichts Besseres in der Hauptstadt zu thun fand,
marschierte ich zum Zentralbahnhof. Das, weißt du,
ist der größte Vorteil Berlins . . . alle zehn Minuten
fährt ein Train ab.

Natürlich stieg ich in den unrechten Zug, das ist
ja mein Pech von jeher gewesen; in der That, das
ist mein Vorrecht, seitdem ich ein wertloser Knirps im
Wickeltuche war. Der überkluge Schaffner dachte, daß
ich Constantinopel sagte, als ich ihm Göttingen als
Endziel meiner Reise angab . . . folglich sagte er, daß
dieses der rechte Zug wäre, und er war, glaub' ich,
. . . für Constantinopel bestimmt. — — Wohlan, um
nicht zu weitschweifig zu sein, ich wurde, wie Ulixes,

3

von einem Lande zum andern verschlagen und zwar
nach meiner Schätzung mindestens ein halbes Jahrhundert
lang ..... Züge erwartend, die im Rückstande waren,
in abgelegenen Nestern, bis ich mich endlich heute Mor=
gen auf dem Courierzug befand; woher er kam, und
wohin er ging, wußte ich nicht, und es war mir auch
ganz schnuppe.

Der einzige andere Mitreisende unseres Coupés
war ein lustiger, grauköpfiger, alter Bruder, der mit
sich selbst und der ganzen Welt sehr zufrieden zu sein
schien. Wir fingen an, uns zu unterhalten, vom Erd=
beben in Styria, von den verschiedenen Ansprüchen
an amerikanische und deutsche Kochkunst und endlich,
versteht sich, sprachen wir ein wenig über Politik.
Meine Gedanken weilten, während er disputierte, an=
derswo ... bei Marie; aber der Greis faßte Nei=
gung zu mir, wie sich ja auch von selbst versteht, weil
ich mich ihm gefällig erwies und in keinem Ausdruck
mit ihm übereinzustimmen verfehlte. Schlauer Weise
kitzelte ich seine Eitelkeit bis zu solch einem Grade mit
Hülfe scharfsinnig eingestreuter Schmeichelei, daß er
zwei Diners und Wein bestellte ... hartnäckig bestand
ich auf dem Vorrecht, Alles zu bezahlen; erst nach einem
hitzigen Streite willigte ich ein, ihn die ganze Zeche
bezahlen zu lassen. — — Friede seiner Asche! Ich
hatte genau fünfzig Pfennig in meiner Tasche.

Einige Glas Champagner erhöhten noch die fröh=
liche Stimmung des Alten, und er vertraute mir, nach=
dem ich ihm strengste Verschwiegenheit zugesichert, ein
sehr komisches Märchen an. In dem Wagen unmittelbar

vor uns ging seine Tochter mit einem blutjungen Lieutenant durch. Der Vater hatte ihren Plan durch die
übertriebene Dienstfertigkeit seiner Haushälterin erfahren und hatte ein Billet nach demselben Ort wie sie
— Göttingen — gelöst. Sie, dessen war er sicher,
wußten nichts von seiner Gegenwart, und er wollte sie
auf dem Perron in G. überraschen. Dann wollte er
sein Kind an sich reißen und den Offizier, dessen Be-
schreibung er bereits telegraphisch nach G. gesandt hatte,
der Polizei übergeben. Auf diese Art hoffte er den
beiden einen Text zu lesen, den sie niemals vergessen
würden.

Unausgesetzt hatte ich seinen Worten gelauscht und
ihm mein Interesse durch lebhafte Gesten zu erkennen
gegeben. Meine Gedanken befanden sich jedoch ganz
anderswo. So einfach diese Erzählung auch war, so
empfand ich doch eine große Teilnahme für den armen
Vaterlandsverteidiger, der zu künftiger Ehelosigkeit ver-
urteilt war.

Wie konnte ich ihm zu Hülfe kommen? Herr Tom
in der Rolle eines Rettungsengels, das klingt sehr gut,
meinst du nicht auch?

Unentschlossen stieg ich auf der nächsten Station
aus, als wenn ich einen diätetischen Spaziergang machen
wollte, und marschierte scheinbar unachtsam den Perso-
nenzug entlang. Ich bemerkte, daß unser Wagen der
letzte war, demgemäß blieb ich vor dem Fenster eines
Coupés weiter vorn stehen und hatte einen Anblick, der
ein entsetzliches Heimweh in mir erweckte. Zuerst dachte
ich, daß der Wagen leer war, aber bei genauerer Nach-

3*

forschung sah ich dicht in der Ecke ein Liebespaar — es war sehr schwer zu sagen, welches der Lieutenant und welches das Mädchen war. Sie sprachen und fragten viel durcheinander. . . . . . Es giebt Augenblicke im Leben der Menschen, die geheiligt sind, und der Offizier genoß augenscheinlich einige Stunden solcher Augenblicke.

Als der Zug gerade abfahren wollte, öffnete ich katzenflink die Thür und sprang hinein. Sobald ich mein Vollmondsgesicht in die Thür steckte, war ihr Paradies zerstört. Der Bräutigam schleuderte mir einen haßerfüllten Blick entgegen, der mich getödtet hätte, wenn ein Blick dazu imstande wäre. In lobenswürdigem Gegensatz dazu nahm ich den Hut ab und machte mit Grazie einige tiefe Knixe. „Jünger des Mars“, lachte ich leise, „Ihr zukünftiger Schwiegervater und zwei altmodische Pistolen sind in dem letzten Eisenbahnwagen. Vier nette Polizisten erwarten ihr Opfer auf dem Perron in Göttingen. Das Hôtel de Brühbach, en solitaire, ist nicht so reizend wie das Gasthaus zur Krone — die Table d'Hote ist wirklich schrecklich.“

„Seien Sie dessen ungeachtet aber nicht kleinmütig,“ fuhr ich rasch fort, als die Braut in Ohnmacht sank, „ich bin selbst verlobt, und wenn es möglich ist, werde ich Sie retten. Ueberlegen Sie — schneller als Sie in Ihrem ganzen Leben überlegt haben, was ich thun kann.“

„O weh,“ schrie der unglückliche Mann, als er nach seiner Uhr sah, „wir kommen in acht Minuten in Göttingen an! Wir sind verloren!“

„Wahrscheinlich ja,“ erwiderte ich wenig tröstlich,

„aber wir haben nur sieben Minuten — Ihre Uhr geht eine Minute nach. Was sagte Ludwig XI. von Frankreich? Eine Stunde ist eben so gut wie eine ganze Lebenszeit!"

„Zum Henker mit Ludwig XI.!" brummte der erregte Lieutenant ächzend.

„Da wird er schon längst sein!" sagte ich.

Ich schaute aus dem Fenster. In der Entfernung konnte man bereits die städtische Gasanstalt sehen. Die Lokomotive pfiff dreimal so durchdringend, daß es weit in den sanft geschwungenen Hügeln wiederhallte — wir hatten höchstens nur noch ein paar Augenblicke für uns. Jetzt mußte ich gute Miene zum bösen Spiel machen.

Ruhig kletterte ich aus dem Fenster des Coupés, ging das Trittbrett entlang und zog die Bremse des letzten Wagens auf. Dann bückte ich mich rasch und band den Schieber und die Luftbremse los. Der Zug ging schon langsamer, der letzte Wagen blieb zurück und stand bald ganz still. Fünf Sekunden später war ich wieder in dem Coupé und erzählte dem heftig erschrokkenen Bräutigam, was ich gethan hatte. Dann gab er mir auf meine Aufforderung lachend sein Käppi und seinen knapp anliegenden Rock. Niemand hatte mein Thun gesehen.

Als wir auf den Bahnhof kamen, schob ich meinen frommen Militärschädel aus dem Fenster, blickte den Perron hinauf und sah die vier harmlosen Hüter des Gesetzes. Sie sahen mich auch sofort und kamen hurtig heran. Jetzt gilt's, meine langen Beine zu gebrauchen,

dachte ich, sprang zu Boden — und der Wettlauf be=
gann. Einen Polypen mußte ich niederschlagen — die
anderen drei folgten mir, wie du sahst. Hier bin ich
nun in deiner geschmackvoll eingerichteten Bude —
dieser Apfelwein ist ausgezeichnet. — Ich hatte einen
so lebhaften Trab angeschlagen, daß meine Verfolger
ohne Zweifel noch laufen. Ich bin ihren Augen spur=
los entschwunden und heimlich in der Barfüßer Straße
verduftet. Uebung macht den Meister, und ich habe
ja in Kalifornien wunderschöne Praxis gehabt."

„Was machte der Zugführer mit dem letzten Wagen?"
fragte ich, nachdem sich meine Lachmuskeln ein wenig
beruhigt hatten.

„Er ließ ihn zurück — er hat seine Abwesenheit
gar nicht bemerkt. Ich lief eine kurze Strecke an der
Seite des Eisenbahndamms entlang, während der Zug
polternd, wegmüde und faul an mir vorbeikroch. Der
vor Freude wahnsinnige Offizier schwenkte herzig sein
Schnupftuch, und die schöne Braut warf mir zahllose
Küsse zu." —

„Schoßkind," sagte Tom plötzlich, „heute Abend
muß ich nach Berlin oder Paris gehen. Dieser Him=
melsstrich ist für eine kleine Weile ein wenig zu ge=
fährlich für meines Vaters Sohn. Es ist ein bitterer
Kelch, aber ich muß ihn leeren. Eines schönen Tages,
ehe ich über den alten Heringsteich zurückfahre, habe
ich mir vorgenommen, das moderne Babel Frankreichs
zu besuchen."

Graf Gottlobs Gespenst.

„Du bist eine unvernünftige Bestie, Bert," rief mir
Tom ärgerlich zu, während er den Strauß, den er so=
eben von einem Blumenmädel gekauft hatte, vorn ins
Knopfloch steckte. „Du kreischest unablässig wie ein
zahmer Papagei, diskutierst langweilig wie ein gebilde=
ter Privatdocent und schimpfst mich zaghaft wie eine
Theerjacke — je mehr du gurgelst, desto weniger sagst
du. Freimütig frage ich dich, ist es meine Schuld,
wenn ein bemoostes, bellendes, uraltes Gespenst darauf
besteht, unaufhörlich und feierlich mit mir zu plappern
und zu schwatzen?"

„Deine Schuld, du armes Kind?" spottete ich grim=
mig . . . „Nicht das kleinste Fetzchen. Im Gegenteil,
du bist ein Muster aller Tugenden; du bist lediglich
ein wenig unglücklich. Und wie, bitte, sprachst du so
kühn mit diesem seltsamen Geist aus „Tausend und
Einer Nacht", etwa vermittelst eines Dolmetschers?
Sang er dir traurig ein Minnelied aus Walther von
der Vogelweide vor, oder erzählte er dir vielleicht gar
etwas von den Kreuzzügen?"

Tom warf einen düsteren Blick auf mich. — „Deine

Bemerkungen sind dummer und frevelmütiger als gewöhnlich, verehrter Makler," versetzte er träge. „Graf
Gottlob, Maximilian, Lubowitz, Leonhard, Hermann
und Dorothea (doch bin ich nicht so sicher bezüglich Dorothea) Waßmansdorffstein sang süß wie eine Nachtigall
und sagte, daß er vormals ein tapferer Ritter gewesen
wäre. Er sprach nun zwar nicht von den Kreuzzügen,
wohl aber von der Hungersnot in Rußland, der Ausstellung in Chicago, dem letzten Roman von Hackländer,
u. s. w."

„Diese Geschichte hat einen Vorteil," bemerkte ich
nachdenklich, „sie ist offenbar wahr. Es giebt Erzäh-
lungen, wie die deinige, die man im Feuilleton einer
Zeitung liest und von denen man überzeugt ist, daß
sie nicht wirklich passieren können, aber ohne Zweifel
kannst du mir sie klar beweisen, wenn ich sie etwa nicht
glaube. Hast du nicht zum Beispiel seine Visitenkarte
oder eine Locke seines Haars?"

„Unglücklicherweise war er beispiellos kahlköpfig,"
entgegnete mein Freund mitleidig. „Jetzt erinnere ich
mich, daß er mir sagte, sein schöner Haarwuchs sei
beinahe völlig von einer unehrerbietigen Gattin ausge-
tilgt. Den Rest hatte er an seinem neunzigsten Todes-
tage verloren . . ."

„Sage mir doch, bitte," forschte ich neugierig, „was
ist ein Todestag?"

„Wir rechnen in unserer schlimmen Welt nach den
Geburtstagen," antwortete der Spitzbube ernsthaft,
„aber die Geister nur nach Todestagen. Graf Gottlob
war im Jahre 1532 gestorben."

„Du behauptetest aber, daß er wenigstens neunzig Tod ..."

„Natürlich," unterbrach mich Tom haftig, „er war in einem Schaltjahre gestorben — am neunundzwanzig= sten Februar."

Diese Erklärung war, dünkt mich, ein wenig lücken= haft — aber ich sagte nichts. Tom steckte seine Pfeife an und lächelte. Dann zeigte er mir mit dem Finger den alten Turm des Schlosses der Plesse, der hoch über den Wald emporragte und sich klar aus einem Hinter= grund von blauer Luft hervorhob. Rings am Horizont stiegen schwere Regenwolken langsam herauf, über uns rauschte geheimnisvoll das üppige Laub; rund im Kreise sah man die leeren Tische, Stühle und den breiten Tanzboden von Mariaspring — hinter uns schlängelte sich weit in die Ferne die staubige, weiß schimmernde Landstraße nach Göttingen, vor uns dehnten sich grü= nende, zur Plesse gehörige Wälder und Wiesen aus.

„Sah dein Gespenstchen gut und gesittet aus?" fragte ich mit großer Neugier.

„Wunderschön; es war ein famoser Kerl," brüllte Tom. „Wimpern= und zahnlos, abgesehen von zwei schiefstehenden schwarzgelben Zinken. Ein verzerrtes, grobes Gesicht, schmalbäckig, eingefallene grüne Augen, buckelig, lahm und um den Leib dicker, um die Lenden dünner, als einem lieb ist. Das macht aber nichts. Er hatte eine ansprechende, christliche Demut und Be= scheidenheit, die sich seltsam und wunderbar bei ihm ausnahmen."

Das Unwetter drohte jeden Augenblick loszubrechen,

... auf dem Boden wirbelten Blätter und Staub wild durcheinander; einzelne große Tropfen, die nahen Vorboten des Sturmes, fielen bereits klatschend auf die Pappdächer der Hallen. Es dämmerte schnell, und wir beeilten uns, unter Dach und Fach zu kommen; mit wenigen wahrhaften Riesensprüngen stürzten wir über den Hof ins Herrenstübel des Wirtshauses. Tom setzte die zwei Bierkrüge, die er in seiner Hand trug, auf den Holztisch, rückte die Kerze näher, daß er seinen Glimmstengel frisch anzünden konnte, während ich, ohne mich um sein Thun zu kümmern, im Zimmer auf- und abschlenderte.

„Wir können nicht weiter in solchem Unwetter," platzte mein Gefährte zuversichtlich heraus, „findest du Vergnügen daran, daß ich dir, um die Zeit totzuschlagen, ein wenig über den Grafen Gottlob Maximilian erzähle?"

„In der That, das ist eine brillante Idee!" rief ich mit möglichst großem Enthusiasmus. „Schwindele mir aber nichts vor, Tom. Deine letzte Erzählung war in hohem Grade zweifelhaft ... Deshalb darfst du, um die alte Scharte auszuwetzen, keinenfalls neue Münchhausiaden erzählen, sondern nimm dich zusammen, daß die Geschichte wahr wie ein Evangelium ist. Wer Andern eine Grube gräbt, fällt selbst hinein, — dieser Ratschlag ist gut gemeint. Fahre fort!"

„Eine umständliche Erzählung," begann Tom behutsam, „meiner kleinen Reise nach dem verfallenen Schloß ist unnötig. Ich mietete eine federlose Droschke mit dem unvermeidlichen, nervös machenden Bremshebel

und mittelalterlichen Kissen, die mir beinahe den Hals-
wirbel verrenkten. Wir gebrauchten anderthalb Stunden,
um den Gipfel des Burgberges zu erreichen ... unsere
Streitrosse versuchten augenscheinlich, sich gegenseitig im
Wettlauf an Langsamkeit zu übertreffen. Natürlich hätte
ich spazieren gehen können, aber es war zu heiß dazu.
Endlich kamen wir ans Ziel, ich bezahlte den Faulenzer
von einem Kutscher und sagte ihm, daß ich den Heim-
weg zu Fuß zurücklegen möchte, da ich es etwas eilig
habe. Proton Pseudos!

Durch den alten gewölbten Thorweg schlängelte ich
mich hindurch, kletterte schwerfällig die Wendeltreppe
hinauf und stand auf dem Terrassendach des Plesse-
Turms. Ueber den windstillen Wipfeln blies die Luft
stickig und heiß, die Sonnenstrahlen spiegelten sich in
den rautenförmigen Scheiben der Dachfenster ab, die
Holzbretter, mit denen der Fußboden belegt war, brann-
ten unter meinen Sohlen. Augenscheinlich war ich das
einzige Individuum, das draußen in der Hitze war.
Die Aussicht war schön, das Leine-Thal lag wie eine
Karte gerade unter mir ausgebreitet. In auffallendem
Gegensatz wechselten Dörfer, Gärten, Kirchtürme, Büsche,
Wiesen und Bächlein, wie die Miniaturmalerei eines
Landes, mit einander ab. All dies hatte etwas Apartes
und Reizendes, doch war ich bald müde und legte mich
bequem unter meinen ungeheueren leinenen Sonnenschirm,
der mich wie das Zelt eines Arabers vor den Glut-
strahlen Helios' schützte, zum Mittagsschläfchen nieder.
Schläfrig kaute ich eine Weile die Theekuchen, die
ich von der Cron & Lanz'schen Conditorei mitgebracht

hatte, und sah unter dem Strohhutrand zu dem blauen, wolkenlosen Himmel hinauf. Dann versank ich in einen Halbschlummer und träumte . . . .

„Ein Mädchen von neunzehn Jahren,
Das kommt mir nicht aus dem Sinn",
trillerte eine schreiende Tenorstimme.

Schlaftrunken rieb ich mir die Augen und streckte schmerzlich meine ermüdeten Glieder. Ueber mir glänzte ein heller Sternenhimmel. Flink sprang ich auf und schaute um mich. Mein Sonnenschirm war verschwunden; die Nachtbrise spielte lustig in den Wipfeln mit einem unheimlichen Geflüster und dumpfen Wehklagen. Die Fallthür, durch die man auf die Treppe gelangte, war verschlossen. Heiliger Zeus, hier war ich ausgeschlossen, und mußte, wenn nichts Unge- wöhnliches eintrat, wahrscheinlich die ganze Nacht auf meinem luftigen Standorte zubringen! Eine großartige Situation, nicht wahr?

Ich sah nach meiner Uhr . . . . . es war zehn. Was für ein Dummkopf war ich gewesen! Wohlan, ich konnte nicht ewig schreien und toben, wozu hätte das genützt? Sechs Stunden bis zur Morgendämme- rung! Ich wollte meine Pfeife anstecken — aber bald entdeckte ich, daß ich soeben mein letztes Schwefelhölz- chen verbraucht hatte, um nach der Uhr zu sehen. Verwünschte Nachlässigkeit! . . . aber wer war es, den ich soeben noch hatte singen hören, oder hatte ich es vielleicht auch geträumt? „Ein Mädchen von neunzehn Jahren" . . .

„Es thut mir aufrichtig leid," sagte eine Stimme ganz in der Nähe, „aber ich kann nichts dazu . . . ."

Rasch blickte ich mit weit geöffnetem Munde durch das Dunkel der Nacht. Zuerst konnte ich bei dem unsicheren, etwas trüben Schein der Mondstrahlen nichts sehen. Nach und nach unterschied ich in meiner unmittelbaren Nähe, auf dem eisernen Gitter sitzend, welches den Rand des Turmes einfaßte, die Umrisse eines gräßlich abgemagerten Menschen, in Cylinderhut und in eine Art altgriechischen Gewandes, das bis zu den Füßen herabreichte, gekleidet. Es war mir, als ob ich der kleine Aladin war und meine Zauberlampe gerieben hatte. Wer konnte es sein? In diesem nüchternen Lande sieht man niemals einen Geist, und doch sah er ganz aus wie ein Gespenst. . . . . . Er hob seine Hand, um kunstgerecht eine Cigarrette anzustecken. Du meine Güte! Die Hand war durchsichtig.

„Sapperment — wer sind Sie!" stieß ich überrascht hervor.

Die Phantasiefigur raffte sich mühsam zusammen und lüftete majestätisch seine Angströhre. — „Was kümmert Sie das?" fragte er kalt wie ein Eisberg. „Ich bin . . . oder vielmehr ich war . . . Graf Gottlob Maximilian Lubowitz Leonhard Hermann von Waßmansdorffstein, Ihnen zu dienen." Diese Anstrengung war jedoch für sein adeliges Temperament zu stark, und er schnappte ganz erschöpft nach Atem. Ich schien mit magischer Gewalt an die Stelle gefesselt zu sein. . . . Die Not ist die Mutter der Erfindung. — „Herr Hermann und Dorothea," erwiderte ich, mit großer Achtung und ein wenig Bangigkeit erfüllt, „es freut mich enorm, Ihre Bekanntschaft zu machen. Vielleicht können

Sie mir einen Gefallen thun. Unglücklicherweise bin ich wider meinen Willen hier oben ausgeschlossen, und meine Wahrheitsliebe zwingt mich zu sagen, daß die Nachtluft für meine Lungen sehr unangenehm ist. Ich fürchte, daß ich den Entzündungs-Rheumatismus bekommen werde, wenn ich nicht sogleich befreit werde. Wenn Sie im geringsten etwas für mich über haben, werden Sie mir zu Hülfe kommen."

„Gern," entgegnete Seine gräfliche Hoheit bereitwilligst, „aber unter der einzigen Bedingung, daß Sie mir einige Neuigkeiten mitteilen werden. Ich habe gehört, daß Kaiser Wilhelm gestern nach Wiesbaden gegangen ist ... beruht das Gerücht auf Wahrheit?"

Etwa eine halbe Stunde lang unterhielten wir uns über die jüngsten Sommer-Ereignisse. Dann gab ich ihm eine Nummer des New York Herald, die ich soeben empfangen hatte; hierüber war er dermaßen erfreut, daß er seinen Chlinder hoch in die Luft warf.

„Woher kommt es dann," fragte ich zierlich, „daß Sie so gut unterrichtet sind? Erlauben Sie mir zu bemerken, daß Ihre Kenntnisse Ihnen alle Ehre machen und daß Sie sich vortrefflich zu einem Georgia-Augusta-Professor eignen würden."

Die geistliche Erscheinung lächelte vergnügt. Ein Compliment, wenn es nicht zu seicht ist, wird von jedem Gespenst geschätzt, vom winzigen Kobold bis zum häßlichen Popanz, und ich hatte den Nagel auf den Kopf getroffen. ... „Ich pflege immer die Zeitungen," murmelte er mit krampfhaftem Röcheln, „die von den Schaulustigen hier in dem Schloß zurückgelassen wer=

ben, zu lesen; auch die Romane und dergleichen. Oft finde ich auch Cigarren und Tabak, die Besänftigungsmittel der menschlichen Natur, die ich sehr gern rauche. Jetzt werde ich aber doch zu alt, um viel zu lesen ... heute, zum Beispiel, habe ich einige Novelletten von Emile Zola durchgesehen und meine unerfahrenen Nerven sind infolgedessen beinahe zerstört. .... Wenn Sie nicht zu müde sind, Herr ...."

„Jesselson," schob ich amüsiert ein.

Das Gespenst verbeugte sich höflich. „Ich kann dem Herrn Jesselson ein Märchen aus alten Zeiten erzählen. Es ist kein Hirngespinnst, denn ich habe ein sehr stürmisches Leben gehabt, da ich ein leiblich schlauer Kerl in meiner Jugend war. Soll ich es versuchen?" fragte der Geist.

„Freilich, besten Dank!" rief ich entzückt. „Sie müssen nämlich wissen, Excellenz, daß ich von jeher eine unstillbare Sehnsucht gehabt habe, eine solche Erzählung zu hören. In einem prachtvollen Augenblick wie dieser, umgeben von den schweigsamen Hügeln und der undurchdringbaren Finsternis, berichten Sie mir Ihre romantische Leidenschaft ... es wird wie ein Kapitel aus einer Romanze erscheinen. Beginnen Sie — ich bin ganz Ohr!"

Der Geist des Grafen warf mir einen dankbaren Blick zu, brachte sich ins Gleichgewicht auf der scharfen Spitze des Geländerpfostens, hüllte sich behaglich in sein langes Betttuch ein und räusperte sich vorbereitend.

„Es war einmal," flüsterte er mit seiner schwachen Fistelstimme, „ein tapferer Ritter, der in diesem Kastell wohnte und dem ganzen Lande in einem Umkreis von hundert Meilen Angst und Schrecken einjagte. Dieser Ritter war ich selbst. Augenblicklich besteht meine ganze Habe nur in einem vorweltlichen Chlinderhut und dieser klassischen Toga, die ich mir neulich aus der Garderobe des alten Kastellans gestipst habe; vor drei hundert und sechzig Jahren hatte ich unumschränkt über zwei Scharen treuer Kriegsmänner, drei Dörfer und fünfundzwanzig Tonnen Gold zu gebieten. Allein ich war mit meinem Schicksal nicht zufrieden, denn ich hatte die unbändige Kampfluft der Jugend und war ein unruhiger Spring=insfeld.

Eine kurze Weile blieb ich gelassen in der Nähe meiner Burg und langweilte mir die Knochen müde und steif, bis ich endlich beinahe meine ganze Umge=bung ermordet hatte."

„Ermordet!" schrie ich entsetzt.

„Ja," versetzte das Gespenst würdevoll, „weshalb nicht? Die Sitte der damaligen Zeit rechtfertigte es. Ueberdies war es mein einziger Zeitvertreib. Meine Festung lag abseits von den großen Verkehrswegen, und ich langweilte mich schrecklich. Wenn ich nicht zur Abwechselung zuweilen zwei oder drei dickköpfige Bauern hätte prügeln können, so wäre ich zweifellos vor Er=müdung gestorben. In dieser Weise schlug ich eine geraume Zeit todt, leiblich gut', bis ich eines Tages auf der Landstraße einer wunderschönen Dame, einem weiblichen Nonplusultra begegnete, die mit ihrem Gat=ten nach Italien reisen wollte. Ohne Bedenken durch=bohrte ich mit meinem todbringenden Schwerte das

Herz des Ehemanns und entführte die zärtliche Frau in meine Behausung, während meine Myrmidonen die Schlacht mit den fremden Knechten ausfochten. Das war der größte Irrtum meines Lebens. . . . ."

„Das ist ja ganz polizeiwidrig," brummte ich voll Abscheu, mit fürchterlicher Drohung. „Ich habe große Lust, Sie vom Geländer in die Tiefe herabzustoßen."

Graf Hermann und Dorothea grinste höhnisch. „Das meinte ich nicht," entgegnete er nach einer Pause. „Der Mord war nur eine angenehme Abwechselung für mich, aber nachher beging ich einen außerordentlich dummen Streich . . . . ohne Zögern heiratete ich seine Witwe. Das war sehr albern von mir, und ich war bald wie aus den Wolken gefallen; sie war eine Xanthippe erster Größe. Sie raufte mir das Haar mit den Wurzeln aus und machte mir in jeder Hinsicht das Leben unerträglich. Man sollte meinen, ein solches Unglück wäre schlimm genug gewesen, aber das dicke Ende kommt noch. Ihr Vater hatte die ihm von mir angethane Beschimpfung zu rächen und wollte blutige Rache nehmen. Sogleich rückte er in großer Eile mit zwei Tausend Vassalen heran und belagerte unser Kastell. Vier Monate lang hielt ich Stand, bis wir alle Pferde, Katzen und Ratten vertilgt hatten und dem Hungertode nahe waren. Dann gelang es den Belagerern, eine Bresche in den Wall zu legen; ich sah ein, daß es aus mit mir war. Ich hatte ein Gelübde gethan, meine bessere Hälfte ins Jenseits zu befördern und erstickte sie deshalb in ihrem Bett — die Gnädige schlief friedsam wie ein Kind. —

4

Darauf lief ich so schnell wie möglich in den Keller
herab, hüpfte daselbst in ein halb leeres Weinfaß
und legte behutsam den Deckel wieder an seinen
Platz. . . . . . .

Wie lange ich in dem Bacchusgefäß verweilte, werde
ich niemals erfahren. — — Von gastronomischem
Standpunkt aus betrachtet, war meine Residenz nicht
gerade den Ansprüchen der modernen Hygiene gewachsen.
Ich war ein bedauernswerter Wicht, ohne Lebensmittel, und stand bis an die Kniee in dem Rheinwein.
Drei Tage lang trank ich Nikolausberger und war endlich so matt, daß ich nicht mehr stehen konnte. In
meinem Kopfe wurde es immer wüster, und ich verfiel
bald in eine tiefe Lethargie.

Das Erwachen war nicht eben sanft. Ich hörte
undeutliche Stimmen und keifendes Weibergewäsch.
„Der Wein in diesem Faß ist aber ganz unter allen
Kanonen,“ sagte die erste. . . . . . . „Er schmeckt wie
ein Fackelzug,“ lachte die andere.

Es war mir so bang, daß mir das Haar zu Berge
stieg, und der dicke Angstschweiß auf meiner Stirn
ausbrach. Allmählich entfernten sich die Stimmen
der Bacchanten, und ich begann wieder zu Atem zu
kommen, als ich von einem unwiderstehlichen Triebe zu
niesen ergriffen wurde.

„Hatschi! Hatschi!“ donnerte es los. . . . Diese
Laute brachten die Sache rasch ins Reine und unter-
schrieben mein Todesurteil. Wenn ich die Explosion
meines edelen Riechorgans nur noch fünf Minuten
hätte zurückhalten können, wäre ich von meinen Feinden

unentdeckt geblieben. So aber zogen sie mich halbtot aus dem Fasse hervor und brachen mir das Genick, — wie ich glaube. Da jedoch schon einige Jahrhunderte darüber vergangen sind, kann ich mich nicht mehr ganz genau an meine Todesart erinnern."

Ich schauderte. . . . "Und warum sind Sie hier auf Erden?" fragte ich mit erklärbarer Neugier. "Möchten Sie nicht lieber im Fegefeuer weiter vegetieren?"

Das Gespenst seufzte mit solcher Heftigkeit, daß sein ganzer Leib zitterte. "Ja," rief er weinerlich, "ich würde viel lieber im Fegefeuer sein . . . . dort ist es so warm und behaglich; zuweilen wohl ein wenig zu viel Réaumur, aber das schadet nichts. Jedoch meine Alte hat dort ihr Quartier bezogen — und für uns beide ist das Lokal zu klein."

Uebermannt vom Mitleid, gab ich dem Grafen Waßmansdorffstein meinen Frühlings = Ueberrock, den Marie mir bei meinem Fortgehen von Haus aufgenötigt hatte. Er war mir jedenfalls viel zu eng. . . . Einige Sekunden später kroch der Graf unter die Thür — es war ein Zwischenraum von höchstens anderthalb Zoll — und schloß dieselbe auf.

"Auf Wiedersehen," rief er mir ohnmächtig zu.

"Adjes," lachte ich leise. "Folgen Sie meinem Rat und setzen Sie sich wieder in Gunst bei Ihrer Frau Gräfin. Gehen Sie ja zum Fegefeuer, da die dortige Temperatur Ihrer Constitution besser entspricht."

"Vielleicht," antwortete das Gespenst nachdenkend, "die Saison hat dort aber noch nicht begonnen." . . . . Dann setzte er höflich hinzu: "Ich hoffe bald das Ver=

4*

gnügen zu haben, Sie dort zu sehen — wir können dann weiter sprechen."

„Das ist gar nicht so unmöglich," erwiderte ich ruhig.

„So nahm ich meinen Abschied vom Grafen Gottlob Maximilian, u. s. w." . . . Tom lehnte sich behaglich in seinem Stuhl zurück. Die Sonne blinkte hell durch einen Riß in den Wolken. Ueber uns war ein großer Fleck blauen Himmels. Langsam standen wir auf und schlenderten aus der Thür des Gasthauses über das nasse Gras.

„Bert," murmelte Tom lächelnd, „mein Abenteuer auf dem Turm kommt mir so schleierhaft und wesenlos vor, daß es mir beinahe ist, als wenn alles nur ein Traum gewesen wäre."

„Tom," entgegnete ich kopfschüttelnd, „es ist sehr merkwürdig, aber ich habe ein ganz ähnliches Gefühl."

Ein funkelnagelneuer Onkel.

Etwa vierzehn Tage lagerte über dem lieblichen Leinethale und zumal über der Musenstadt Göttingen eine kannibalische Hitze, die der ehrliche Hannoveraner nur vom Hörensagen kennt. Man wartete allabendlich mit Spannung auf kühleres Wetter, aber einen Morgen nach dem anderen ging die Sonne mit schauerlicher Monotonie an dem wolkenlosen Gluthimmel auf, und Alles dörrte und briet . . . . Die gewöhnlich rührigen Straßen standen öde und leer, die blasenziehenden Asphalt = Pflaster waren über und über von Horden von Blendlingen in Besitz genommen; dichte Gezieferschwärme summten unablässig unter meinen Fenstern. Die Provinzial=Hansestadt sah wie ein Dorf am Mittelländischen Meere in dem Sirokko aus.

Von Zeit zu Zeit konnte man einen schweißtriefenden Spaziergänger sehen, der zum Bierglase und zur Kühle des Ratskellers eilte, oder durch die Felder schlenderte, um in dem kalten Wasser der Leine zu schwimmen; niemand blieb stehen, um in die verlockenden Läden zu gucken. Während dieses unerträglichen Wetters plackte ich mich über der geschwätzigen, gescheiten

Zeitungskorrespondenz für die amerikanischen Journale
ab. Heiß, lauwarm oder kalt — mir war alles egal —
meine halbwöchentlichen Novelletten mußte ich periodisch
schreiben. Buchstäblich arbeitete ich im Schweiße meines
Angesichts; stets meinen unzertrennlichen Freund, die
Schreibmaschine, bewegend .... bloß in Lawntennis-
Hosen und seidenem Hemd, der echten Vagabundentracht
herumlaufend, zur großen Bewunderung und scheinbaren
Entrüstung meiner züchtigen Philine, die, nebenbei
bemerkt, schon vor wenigstens 20 Semestern das den
Jungfrauen Angst und Schrecken erregende Lied „Schier
30 Jahre bist du alt" gesungen hatte.

Eines Abends, nachdem ich die letzte Hand an
meine Arbeit gelegt und mich in der Wannenbadeanstalt
von Holzapfel ein wenig erfrischt hatte, schlenkerte ich
ziellos über den Marktplatz und ließ mich vor dem
Ratskeller nieder. Melancholisch nippte ich ein Glas
Himbeerlimonade, und nachdem ich sechs Schwefelhölzer
verbraucht, um mit dem Anstecken meiner Cigarrette
zustande zu kommen, lauschte ich den herzzerreißenden
Tönen eines stümperhaften Wagnerschwärmers, der in
Hörweite die Tannhäuser Ouvertüre auf einem vorweltlichen Klavier zu spielen versuchte. Gleichgiltig
betrachtete ich die verschiedenartigsten Gestalten, die jenseits der in Kübeln stehenden Zwergimmergrüne lust-
wandelten. Zuerst erschienen ein geputzter Gemeiner,
ein Goliath von Gestalt, und drei glückliche Dienstmädchen — ganz wie ein Kriegsboot mit drei Geleit-
schiffen. Dicht hinterher kam ein bartloser Bruder
Studio, ein narbengezeichneter Corpsier und zwei Bull-

doggen. Ein dichter Knäuel schmutziger Arbeiter, in echtem „Chettinger" Platt plaudernd, watschelte gerade vorbei, als meine Betrachtungen von dem donnernden Gerassel der Bierkrüge auf dem Eichtisch hinter mir plötzlich gestört wurden; jemand rief mich bei meinem Vornamen. Neugierig wandte ich mich herum. Es war, wie ich glaubte, mein Freund Tom.

„Guten Abend," sagte ich, während ich mich erhob und ihn mit auf dem Rücken gekreuzten Händen un= willig betrachtete . . . „Bist du immer noch nicht alt genug, um dich anständig zu betragen und mir keine Krampfanfälle zu verursachen?" fragte ich kläglich und im hohen Grade verstimmt.

Tom führte sein Taschentuch vor die Augen . . . . „Wie grausam bist du gegen mich; ich bin rasend un= glücklich," stieß er traurig hervor.

Schweigend ging ich ein paar Schritte neben ihm her und legte meinen Arm in den seinigen. Schaudernd bemerkte ich den Trauerflor an seinem Hut . . . . . „Was ist passiert, Alter," fragte ich erschrocken, „hast du trübe Nachricht erhalten?"

„Na," lachte dieser schelmisch, „reg dich nur nicht weiter auf, — es war nur ein beiläufiger Schwindel." Pantomimisch zeigte er dabei mit seiner Hand nach dem Hute. „Ich gräme mich über meine erste Flamme."

Diese unverblümte Andeutung erschreckte mich . . . „Ist sie denn tot?" fragte ich skeptisch.

„I bewahre — weit schlimmer als das!" rief Tom verdrießlich. „Es ist kein Alltags = Ereignis; sie ist meine Stiefmutter geworden. Heute habe ich einen

Brief von meinem schurkischen Herrn Papa empfangen.
Er ist kurz und süß. Wenn meine schlichten Worte
dir nicht genügen, hier ist er."

Der Trauernde zog aus seiner Tasche ein ganz zer=
knittertes Billet hervor, kniff ein Auge zu und las mir
das Unheilsdokument vor. Es lautete etwa folgender=
maßen:

New York, den 1. August 1892.
Lieber Tom!

Anbei sende ich Dir die 800 Mark, um die Du
gebeten. Sie werden wahrscheinlich eine Woche vor=
halten. Es freut mich besonders, Dir schreiben zu
können, daß ich Dir bald eine Stiefmutter zuführen
werde. Sie heißt Margarethe Schröder und war
vormals mit Dir verlobt, sagt sie mir. Es ist mir
lieb, daß sie nun doch in der Familie bleibt. Ir=
gendwo in Deutschland wohnt eine Tante von ihr.
Ich teile Dir dies absichtlich mit, da Du möglicher=
weise Lust verspüren könntest, diese zu heiraten.
Wenn so, besten Glückwunsch im voraus. Sei vor=
sichtig in Deinen Ausdrücken über Miß Schröder und
bedenke, daß sie bald meine Frau — und Deine
Mutter werden wird.

Es grüßt Dich liebevoll Dein Vater
Harold Jesselson.

Nach beendeter Lektüre verhielt sich Tom eine kurze
Zeit schweigsam, während er nachdenklich einen Zahn=
stecher kaute. Im Schimmer der Strahlen einer mit
Drahtnetz umsponnenen Gasflamme, sah ich zu meiner
größten Verwunderung den zufriedenen Ausdruck seines

Gesichts .... „Du siehst aber keineswegs wie ein
Leichenbitter aus. Hat dein erfindungsreicher Verstand
vielleicht schon einen Plan entworfen, nach welchem du
wenigstens deinen Alten ausstechen kannst?"

„Mein Werk soll es auf keinen Fall sein. Aber
das Fatum ist unerbittlich," erwiderte der ehrerbietige
Sohn ruhig. „In meinen Händen liegt eine schreckliche
Revanche. Ueber meines Vaters sorglosem Haupte
schwebt das Schwert des Damokles. Er schläft ruhig
über einer unsichtbaren Mine, die ihn bald in die
Luft sprengen wird."

„Womit ist die Mine gefüllt, du vulkanischer Un=
mensch?" fragte ich ängstlich. „Mit Pulver oder Dy=
namit? Das letztere würde ich dir nicht empfehlen, —
es ist zwar sehr wirkungs=, aber in der Regel auch
ziemlich geräuschvoll."

„Weder Pulver noch Nitroglycerin," fiel Tom be=
leidigt ein, „ich bin kein unerfahrener Gänserich. Sol=
cher Mühe bedarf es gar nicht, um meinen gnädigen
Vater gehorsam und kleinlaut zu machen. Heut zu
Tage bedient man sich harmloserer Mittel, seine Ziele
zu erreichen. Man kann jetzt den guten Ruf eines
Mitgeschöpfs durch ein einfaches Emporziehen der Augen=
brauen zerstören; ich bin imstande, dem tollen, kindi=
schen Vorhaben meines Papas durch ein einziges Blatt
Papier ein Ziel zu setzen. Mein Kriegsplan mag sich
etwas lächerlich ausnehmen, aber ich bin entschlossen,
ihn auszuführen."

„Solch blödsinnigen Klatsch mag ein anderer glau=
ben," gab ich zur Antwort.

Das zündete .... „Klatsch, nennst du es, du ungläubiger Thomas!" schrie mein Gefährte in zornigem Ton. „Du bist imstande, einen Heiligen fluchen zu machen. Ich kann niemals meinen Mund öffnen, ohne daß du in fieberhafter Eile mißbilligend die Achseln zuckst und ein schiefes Maul ziehst, mir kläglichen Widerstand leistest und stets von „Unsinn" und „Schwindel" schwätzest. Hast du denn gar kein Herz?"

„Das weiß ich wirklich nicht. Ich habe, des bin ich mir bewußt, eine unerschütterliche Verdauungsanstalt, alias Magen, und eine vortreffliche Leber. Aber es ist längst altmodisch, ein Herz zu haben, das ist ein ganz überflüssiges Möbel — nur zum Sterben langweilige Personen besitzen es. Und du bist, bin ich im Innersten überzeugt, ein krasser Egoist, wenn du sagst, daß ich deine Bemerkungen immer lächerlich mache; meistenteils schenke ich denselben wenig oder gar keine Beachtung. Du bist es ja doch nicht wert."

„Du Scheinheiliger!" schaltete Tom empfindlich ein. „Ich weiß trotzdem, unter uns gesagt, daß du dich für das Geringste interessierst, das ich thue. Du bist jedenfalls ein famoser Berichterstatter, und ich werde dir — wenn du „bitte schön" sagen wirst, — ein schönes Liebesabenteuer berichten. Du kannst dasselbe dann für deine Pfennigzeitung ausarbeiten und viel Geld damit erwerben; höre also zu, es ist alles höchst anständig und decent."

Wie immer, wenn ich mit meinem Freunde disputierte, so fühlte ich auch jetzt wieder, daß ich eine Schlappe erlitten und den Kürzeren gezogen hatte.

Die Gewohnheit hatte es mir beinahe zur zweiten
Natur gemacht, ihm gegenüber fünf gerade sein zu
lassen. Er pflegte in unseren Wortkämpfen immer zu
gewinnen, der Sieg der Materie über den Geist, einzig
und allein infolge seiner erstaunlichen Lungenkraft; mit
einigem Schmollen ergab ich mich auch heute auf Gnade
und Ungnade. Die Klugheit ist der bessere Teil der
Tapferkeit .... Apathisch stellte ich meine zugespitzten
Lackstiefel auf einen hölzernen Schemel und fingierte
Müdigkeit. Keineswegs durch diesen Betrug beleidigt,
grinste Tom behaglich durch die zierlichen Dampfringe,
die er zur Decke emporsandte, und begann mit folgenden orakelhaften Worten .....

„Ich habe einen vorzüglichen Grund, dir diese
scheinbaren Hirngespinnste zu erzählen, sonst werden sie
der Welt für immer verloren gehen."

„Na, dann schieß los, aber ich verbitte mir jeg-
lichen Mumpitz, du Tausendsassa," rief ich instinktmäßig.
„Mach deinem müssigen Geschwätz ein Ende und stürze
dich ohne Einleitung in medias res."

„Schön," bemerkte Herr Jesselson .... „Vielleicht
kannst du dir die Thatsache ins Gedächtnis zurückrufen,
daß ein wankelmütiges Mädchen mir einst einen Korb
gegeben hat. Dieses Frauenzimmer war kein anderes
als Fräulein Schröder, — meine zukünftige Stiefmutter.
Die Umstände, unter welchen ich sie kennen lernte,
waren besonders lächerlich. Dies historische Ereignis
spielte sich letzten Winter ab, als ich in dem vierzehnten
Stockwerk des Albemarle Flats residierte. Ich dachte
etwa sechs Wochen lang, daß ich ein himmelentsprossenes

Talent hätte, unvergleichliche Portraits zu malen, durch
welche ich die Welt in Erstaunen setzen könnte. Paul
Thumann in Deutschland, Meissonnier in Frankreich,
Tadema in England und Jesselson in Amerika — wes=
halb nicht? Mit solchen Gedanken in meinem Schädel
und gelangweilt, nichts weiter zu thun zu haben, als
das Pflaster zu treten und träge herumzubummeln,
stürzte ich mich mit Berserkerwut auf mein neues Fach
und schmierte und kleckste Tag und Nacht. Ich wurde
mager und schlank, schwach, matt und zuweilen mut=
los; aber dennoch erlosch mein Eifer nicht, und ich
bedeckte unermeßliche Segeltücher mit den idealen Sinn=
bildern der Schönheit, die ich nach Modellen für eine
stündliche Leihgebühr von 2 Mark kopierte . . . Auf
diese Weise flog die Zeit schnell dahin.

Eines Nachmittags erwartete ich vergebens die An=
kunft eines Modelles, das einer meiner Freunde mir zu
schicken versprochen hatte. Eine Stunde nach der an=
deren verrann unausgenützt, sodaß ich fast wahnsinnig
wurde. Ich hatte ein halbfertiges Gemälde der Medea
in Arbeit und war ängstlich bemüht, es so schnell wie
möglich für die Ausstellung des Künstlervereins fertig
zu machen. Die Zähne knirschend aus Wut über die
unselige Verzögerung, rannte ich im Zimmer auf und
ab, wie der Löwe im Zwinger. Ich ergriff das Piston
und schmetterte ein staccato Ballet aus der Sylvia
Oper. Ich fühlte einen barbarischen Genuß an den
wilden, unsinnigen Tönen und blies immer lärmender
und schreiender. Es klang wie der Wirrwarr beim
Turmbau zu Babel.

Die Thür des Ateliers wurde langsam geöffnet und das Haupt eines Pagen sichtbar .... „Unten wohnt eine sterbenskranke Dame," schrie er, „die läßt Sie höflichst bitten, so gütig zu sein, Ihr erbauliches, stein= erweichendes Getöse einzustellen."

Ich schleuderte das Cornet quer durch die Stube; mit einem Knall traf es den Hiobsboten in die Magen= gegend. „Mach das einem Andern weiß," jauchzte ich mit heulendem Gelächter, denn der Bursche fuhr wie ein Taschenmesser zusammen. Sein Sarkasmus war im Keim erstickt. Dann hob ich das Zinkhorn auf und stimmte ein nicht weniger geräuschvolles Ballet an.

Ein paar Augenblicke später wurde die Thür von neuem aufgemacht. Jetzt war es ein schönes Weib, das vor mir stand, rotbäckig und atemlos. Bei sämt= lichen seligen Göttern des Olymps — hier sah ich mein Modell!

„Ich bin gekommen," stotterte sie errötend, „Ihnen zu sagen, ..."

„. . warum Sie nicht schon vor anderthalb Stunden hier waren," fiel ich sarkastisch ein, vor Zorn außer mir. „Ich habe mir den Kopf darüber zerbrochen, aber jetzt soll alles vergessen sein, setzen Sie sich nur, und wir werden gleich anfangen."

„Aber ich bin Miß Schröder," entgegnete sie ver= wirrt ....

„Und mein Name ist Thomas Jesselson," erwiderte ich. „Wozu nützt solche Formalität? Sie sind mein Modell, und ich bin im Begriffe, Sie zu malen; ob Sie gern wollen, oder nicht, ist mir ganz Wurst."

„Aber Sie irren sich, mein Herr," bemerkte besagtes Fräulein höhnisch. „Sie sind nicht unfehlbar . . . ."

„Wie so?" lachte ich lustig. „Sehr unfehlbar sogar, gerade wie der Papst! Sind Sie je dem Papst begegnet — nein? Er ist ein schlauer Kerl und dabei kolossal angenehm." . . . . Inzwischen mischte ich die Farben auf der Palette, und das Mädchen nahm mit seltsamem Lächeln auf der Plattform Platz. „Närrische Person," dachte ich bei mir, „aber ungeheuer hübsch." Und ohne ein weiteres Gespräch begann ich zu malen.

Jeden Tag kam Miß Schröder punkt zwei Uhr Nachmittags, und nach vierzehn Tagen war das Gemälde fertig. Ich besitze keine falsche Bescheidenheit und sage deshalb ungeziert, daß es ausgezeichnet war. Augenscheinlich war das Original des Bildes ganz derselben Meinung, was leicht aus ihrer glücklichen Miene, mit der sie das Bild betrachtete, und aus der naiven, leise geflüsterten Frage: „Bin ich denn wirklich so hübsch?" zu schließen war.

Ich war Weltmann genug, diese Gelegenheit bei dem Schopfe zu fassen . . . . „Wenn das Gemälde schön ist, so ist das nur die einfache Folge davon, daß Sie noch tausendmal schöner und lieblicher sind," rief ich ernsthaft. „Meine winzige Kunst hat nur eine fade Karikatur der herrlichen Wirklichkeit malen können . ."

„Plumper Schmeichler, so unverblümt deiner Verliebtheit Ausdruck zu verleihen!" warf ich ein. „Amerikaner sind immer ein wenig eilig mit der Zunge, du bist aber der schlimmste der Rasse. Was sagte deine Zauberin dazu?"

„Rate mal," fragte Tom kopfſchüttelnd. „Ich weiß, daß ich ziemlich ſchön bin," murmelte ſie, „das geht mich aber ganz allein an." .... Sie legte die Hand auf den Thürring und wollte gehen.

„Miß Schröder," rief ich ihr zu, „ich liebe Sie. Wollen Sie meine Frau werden?" Trotz meines ge= wöhnlichen Gleichmuts war ich ſehr erregt. Wie über= raſchten mich aber erſt ihre nächſten Worte!

„Es thut mir aufrichtig leid," antwortete die Dame ſüß, „aber ich bin ſchon im Begriff zu heiraten . . ."

„Den Teufel!" brauſte ich auf.

„Ihn nicht," lachte das Fräulein, „nur Ihren Vater Harold Jeſſelſon."

Das war zuviel für meine Nerven, dabei blieb mir der Verſtand ſtehen. Es war alſo mein hochverehrter Vorfahr, der dieſen Engel heimführen ſollte. Dem Sieger gehört die Beute. Ich kam augenſcheinlich zu ſpät. Flink raffte ich mich zuſammen . . . .

„Zukünftiges Stiefmamachen," flüſterte ich, indem ich ihr die Hand küßte, „es freut mich ungeheuer, das zu hören; nimm gefälligſt meine herzlichſten Glück= wünſche entgegen. Mögt Ihr, du und der Vater, ſtets ein ungetrübtes Glück genießen . . . . wenn das mög= lich iſt. Leb' wohl!"

Als ich mutterſeelenallein war, ſank ich in den Ka= minfauteuil nieder und dachte über meine Lage nach. Ein Ding war ſehr klar, — ich mußte meines Friedens halber ſogleich fortreiſen; hierhin, dorthin — alles einerlei, nur fort! Für immer würde ich meinem Vater zur Zielſcheibe des Spottes dienen, bis ich oder

er tot war, wenn er diesen Spaß hörte. Mein Ent=
schluß war bald gefaßt, Europa sollte meine Zufluchts=
stätte sein; das Reisen ist meine Leidenschaft, wie du
weißt. Demgemäß packte ich meine notwendigsten Hab=
seligkeiten zusammen, zündete mir eine Cigarre an, borgte
einige Tausend Mark von einem Freunde, und zwei
Wochen später bin ich hier in Göttingen angekommen."

„Und wie geht es deinem Weltschmerz hier?"
lachte ich.

„Er war schnurstracks vergessen, als ich Marie er=
blickte," erwiderte Tom. „Ich lasse mich nicht davon
abbringen, daß meine Reise nach Deutschland präde=
stiniert war . . . . sie hat bisher enschieden ihr Gutes
für mich gehabt."

„Wie meinst du das, Bruderherz — weil du Marien
begegnetest?" fragte ich mit einer kleinen Muskelzusam=
menziehung.

„Ja, freilich!" rief Tom. „Du mußt nämlich wissen,
daß Marie die Tante von Fräulein Schröder ist. Was
sagst du dazu, — bin ich nicht wirklich brillant gerächt?"

„Mach keine Romane mehr, bitte," unterbrach ich
ihn ernst, „die Wahrheit genügt. Sie ist so pathetisch,
daß ein ganzes Thränenmeer in meinen Augen steht.
Aber," fügte ich hinzu, „es sind vielleicht nur Kroko=
dils Thränen."

„Du bist mißtrauisch wie eine südamerikanische Re=
publik," antwortete mein Freund mürrisch. „Sieh mich
nicht so kühl an. Kann ich etwas dazu, wenn Marie
fest darauf besteht, eine Nichte zu haben, die zwei Jahr
älter ist als sie? Das ist doch durchaus noch nichts

Außergewöhnliches. Ich hörte neulich von einem Kinde, das drei Neffen hatte, die so viel älter waren, daß sie hoch betagt starben, ehe jenes Kind, ihr Onkel geboren war. Wenn es auch zweifellos schwer hält, ein solches Ammenmärchen zu verdauen — so ist es doch Wirklichkeit."

„Du und der selige Münchhausen, ihr seid Biedermänner Zoll für Zoll, trotz eurer riesigen, phänomalen Einbildungskraft. Ich glaube dir, Tom, jedes Wort. Meine Einbildung ist eben so elastisch wie mein Gewissen. Fahre fort in deiner Erzählung."

„Heute Morgen, als ich diesen obenerwähnten Brief empfing, ging ich direkt zu Marie . . . . . „Schätzchen," sagte ich ohne weitere Vorrede, „wir müssen sofort heiraten. Ich wünsche, meines Vaters Onkel zu werden, und du kannst deine Nichte zur Schwiegermutter bekommen, wenn du willst."

Im ersten Augenblick glaubte mein Liebling, daß ich mir einen Affen gekauft hätte . . Dann dachte sie, daß ich vielleicht, wie so oft, einen Fehler in meinem Deutsch gemacht hätte, und verzog daher ihr Mündchen zu einem reizenden Schmollen. Das stand ihr so allerliebst, daß ich mich nicht zurückhalten konnte, sie zu küssen . . .

„Schonung," rief ich elend, „meine Epidermis ist nicht dick, und ich bin vier tausend Meilen von meiner Heimat und werde leicht hypochondrisch. Laß die Einzelheiten fort."

„Bei meiner Ehre!" entgegnete Tom, ohne eine Miene zu verziehen, „ich vergaß mich. Wenn du die

5

Monotonie deines Junggesellenstandes abzubrechen wünschest, werde ich dich der Musiklehrerin vorstellen; ihr Aeußeres ist nicht berückend, aber ganz objektiv beurteilt: schön ist, was sich schön benimmt, nicht wahr? Ich meine es wirklich ehrlich mit dir."

„Tom," sagte ich mit scherzhafter Gebietermiene, „ich halte ziemlich große Stücke auf dich, aber du wirst mich noch zum Meuchelmörder machen, wenn du nicht in Bälde deine Geschichte beendigst."

„Wo war ich doch stehen geblieben," grinste der Angeredete, „oh ja, bei Mariens Kuß. Wohlan, ich zeigte ihr das Gekritzel, und sie las es durch. Die Folge ist, daß wir uns übermorgen in der Albani Kirche trauen lassen wollen. Du mußt natürlich der Braut= führer sein — deswegen habe ich dir ja auch diese Geschichte so haarklein erzählt. Laß deinen Schwalben= schwanz ausplätten, setz' deinen Claque auf und sei Donnerstag um elf Uhr vor der Sakristeithür." . . . .

Tom fischte aus seiner Rocktasche einen zweiten Brief, zog ihn aus dem Couvert und sagte: „Hier ist die Mine, die Papachen in die Luft sprengen wird. Gieb Acht!"

Göttingen, Bühlstraße 90, den 13. August.
Lieber Vater, u. s. w.!

800 Mark empfangen, besten Dank dafür. Schicke, bitte, sofort noch 2000 (zwei tausend) von derselben Sorte. Ich habe mich soeben verheiratet mit Fräu= lein Marie Schröder, Deiner Tante. Wir beide bil= ligen Deine Heirat mit unserer Nichte, obwohl letztere ein wenig jung ist.

In Deinem letzten Brief sprachst Du leichtsinnig von einer gewissen Marie Schröder. Nimm Dich in Acht, wie Du zukünftig von ihr sprichst. Sie ist meine Frau — und Deine Tante.

Euer aufrichtiger Sohn und Onkel

T. Jesselson.

„Ich glaube," setzte Tom vergnügt wie ein Mai= käfer hinzu, als er den Brief zusammenfaltete, „daß diese Zeilen meinen Vater sehr in Harnisch jagen werden."

„Ohne Zweifel!" versetzte ich. „Heutzutage ist alles möglich. Laß mal sehen, Tom, deine Kinder werden deines Vaters Großkinder und zugleich seine richtigen Vettern resp. Cousinen sein. Ihre Kinder werden —"

„Daran habe ich noch nicht gedacht," rief Tom entzückt aus. „Wahrhaftig, es wird gar nicht so lange dauern, daß die Verwandtschaftsgrade in unserer Familie einen mormonischen Genealogen zur Verzweiflung brin= gen können."

5*

Der luſtige Selbſtmörder.

Man findet immer in verſchiedenen Hinſichten eine
gewiſſe Schwierigkeit, wenn man ſeinen erſten Roman
zu ſchreiben beginnt. Eine ganze Todeswoche lang
war ich mit dem Knoten beſchäftigt; ich konnte nicht
beſtimmen, ob die Heldin in dem letzten Kapitel zur
Selbſtmörderin werden, oder ſich andrerſeits glücklich
mit dem Helden verheiraten ſollte. Auch ſonſt in gleich=
giltigeren Punkten konnte ich lange Zeit zu keinem
Entſchluß kommen. Sollte das Mädchen wunderſchön
und ſchuldlos ſein, oder ziemlich häßlich, aber mit
einer großen Seele ausgeſtattet?

Dieſe Novelle ſollte mein Meiſterwerk werden, und
ich arbeitete etwa zwölf Stunden täglich daran. Wenn
ich dann und wann eine kurze Ruhezeit erheiſchte,
lehnte ich mich in meinem langen Schiffsſtuhle zurück,
betrachtete die Spinngeweben an der Decke und über=
ließ mich romantiſchen Träumereien. Schwindelige
Luftſchlöſſer baute ich auf. Ich würde bald, was auch
geſchehen möchte, durch meinen Roman berühmt ſein,
und jedermann würde auf der Straße ſtehen bleiben,
wenn ich vorbeiging, und ſagen: „Das iſt der geprieſene

Schriftsteller, der größte seit Erschaffung der Welt, sehen Sie, was für eine hochgewölbte Stirn er hat." — Man würde mich überall feiern und prachtvolle Bälle mir zu Ehren geben; vielleicht würde ich dann auch zuweilen ein Kapitel aus der Novelle vorlesen, und die Damen würden mit ihren Thränen ganze Wassereimer füllen. Wie unglücklich würde Adelen zu Mute sein, daß sie mich getäuscht hatte. Vielleicht würde sie gar gebrochenen Herzens sterben — das würde herrlich sein. Ich konnte dann tiefe Trauerkleidung tragen und frische Rosen auf ihr Grab streuen . . . .

Tag auf Tag verging, ohne daß ich ein Sterbenswörtchen von Tom hörte. Gewöhnlich brachte er wenigstens ein paar Stunden von jeden vier und zwanzig in meiner Bude zu. Jetzt hatte ich ihn schon eine stattliche Reihe von Tagen nicht gesehen. Er setzte sich dann auf den Koffer, der, mit einem Reiseteppich bedeckt, in der Ecke des Gemachs steht, und rauchte von meinem duftenden, smyrnischen Taback, während ich ihm das erste Kapitel meiner Novelle, Die Première, ausdrucksvoll vorlas. Voll Begeisterung klatschte er sodann in die Hände und sagte, daß er nie zuvor einen solchen Roman gehört hätte. Dieses Lob schien mir ein wenig zweideutig, was ich ihm auch zu verstehen gab.

„Es giebt nur eine Person, die ich auf denselben Rang mit dir stellen möchte," bemerkte dieser unparteiische Kritiker ernst. „Ich meine Charles Dickens." . . . . .
Das war, wie ich mich besinne, so etwa gerade an dem Tage, an welchem ich Tom zum letzten Mal gesehen

hatte. Nachdem er fortgegangen war, kritzelte ich die folgende Note auf meinen Kalender: „Die Première" hoch von T. Jesselson gepriesen."

Zuletzt ward ich unruhig, und es wurde mir schwer ums Herz. Kurz entschlossen legte ich eines Tages seufzend mein Manuskript in eine Schublade, die mit einem diebessicheren Schloß versehen war, und setzte mich langsam in der Richtung nach der Pension zu in Bewegung, in welcher mein Freund wohnte.

„Der Range muß wieder mal in der Patsche sitzen," brütete ich, „sonst würde er mich ohne Zweifel jeden Tag besucht haben. Es ist nicht unmöglich bei der Unsicherheit aller irdischen Dinge, daß er jetzt hinter Schloß und Riegel im Carcer sitzt. Es lohnt kaum noch der Mühe, aber ich will doch mal bei Fräulein Marie nachfragen." . . . . . Inzwischen erreichte ich die Wohnung der Frau v. Hammel und klomm rasch die Stufen empor.

„Ist Tom zu Hause?" fragte ich das Dienstmädchen.

„Nein," erwiderte sie lakonisch. — So, da schlag das Wetter drein. Wie ich dachte, war wieder etwas faul im Staate Dänemark. Ich versuchte zu erraten, was es sein möchte, aber das unbewegliche Gesicht der Dirne konnte mich blutwenig in meinen Kombinationen unterstützen. Nach einem leisen Pfeifen versuchte ich mit erneuter Energie Auskunft von dem Dienstbesen zu erhalten. Doch vergeblich.

„Kann ich denn Fräulein Marie sehen?" grunzte ich drohend von neuem.

„Nein, ich bedaure, daß Sie Fräulein Marie nicht

sehen können," äffte die kecke Küchenfee mir nach), und machte Miene, die Thür zu schließen."

Ich griff das liebe Geschöpf aber blitzflink bei dem Arm .... „Sonne meines Daseins," stieß ich plötz= lich hervor, „nehmen Sie es mir nicht übel, wenn ich Ihnen verkünde, daß ich Sie in erster Linie ersticken und dann total umbringen werde, wenn Sie mich nicht ohne Säumen zum Fräulein führen."

Meine entschiedene Handlungsweise überraschte das Mädchen so sehr, daß sie ein erbarmungswürdiges Ge= sicht schnitt und mich dann lammfromm und still= schweigend in das Empfangszimmer geleitete. Hier war ich abermals überrascht. Die Gardinen waren niedergelassen, und zuerst konnte ich in dem Halblicht, das in der Stube herrschte, nichts sehen. Allmählich unterschied ich die Umrisse einer traurig auf dem Sofa zusammengekauerten Figur.

Wenn es etwas giebt, das der Mensch nicht er= tragen kann, so ist es, ein Weib schluchzen und weinen zu sehen. Ein eigenartiges Gefühl überkommt ihn in einem solchen Augenblick, etwa dem vergleichbar, daß man als Assistent bei einem Begräbnis entfindet. Ich klimperte verlegen mit den Schlüsseln in meiner Hosen= tasche, kratzte mit den Füßen auf dem Teppich und versuchte Mariens Aufmerksamkeit auf verschiedene Weise zu erregen. Ich hustete leise, aber ohne Erfolg. Zu= letzt, als ich fühlte, daß ich beinahe wahnsinnig wurde, machte ich meiner Erregung Luft. Ich starrte betrübt aus dem Fenster, dessen Rouleaux ich aufzog, und begann „O, du lieber Augustin" zu pfeifen. Das war die

einzige Melodie, auf die ich mich in meiner Verwir=
rung besinnen konnte, — die abgedroschenen Töne
drangen durch das Zimmer. Es war gerade, als wenn
ein frevelmütiger Bösewicht das Ave Maria in einer
Totenhalle mit der lebhaften Weise „Als der Groß=
vater die Großmutter nahm" unterbrechen würde.

Marie erhob sich langsam und erstaunt und be=
trachtete mich mit ihren großen blauen Augen und be=
benden Lippen. Niobe in den ersten Momenten der
Verzweiflung hat nicht trauriger aussehen können. Sie
versuchte mit mir zu sprechen, aber es war ihr un=
möglich, den angefangenen Satz zu Ende zu bringen,
und schwach lehnte sie sich auf den Kaminsims.

Wie eine schnell umsichgreifende Flamme schien mir
plötzlich der wahre Grund ihres eigenartigen Gebarens
klar zu werden. Tom war gestorben. Eine erstarrende,
gliederlähmende Erschöpfung überkam mich. Ich konnte
kaum atmen, und unwillkürlich fuhr ich mit der Hand
nach meinem Kragen, um mir Luft zu verschaffen . . .

„Wo ist mein — mein — ist er hier?" stotterte ich.

„Nein, ich weiß nicht, wo Ihr — wo Er ist,"
versetzte das arme Kind.

„Ein vager Argwohn fuhr schleunigst durch meinen
Kopf. Ich glaubte, Lunte zu riechen. Demosthenes selber
hätte mich jetzt kaum noch bereden können, daß Tom
tot wäre. Entschlossen ergriff ich die Hand des Mäd=
chens und geleitete es ruhig zum Sofa. „Fassen Sie
sich," sagte ich ernst, „und wenn Sie ruhiger geworden
sind, erzählen Sie mir Alles. Es ist nicht unmöglich,
daß ich Ihnen helfen kann."

Es würde mehr als unnütz sein, hier alles, was Marie mir sagte, niederzuschreiben. Die Erzählung war einfach genug, hier und da aber so sehr von dem herzerweichenden Schluchzen der schönen Erzählerin unterbrochen, daß ich vieles nicht verstehen konnte. Der Inhalt ihrer Worte war, kurz gesagt, nachstehender:

Vorgestern waren Tom und sie auf einem Kostümballe der Frau Kanzleirat Bärheckel gewesen. Es wurde dort gegessen und getanzt bis beinahe drei Uhr Morgens .... dann hatte Marie ihren Begleiter aufgesucht, um ihn zu bitten, sie heim zu geleiten. Nachdem sie zuerst vergeblich alle Räume durchstöbert, hatte sie den Abtrünnigen endlich in dem Gewächshaus gefunden. Aber unter welchen Umständen! Sie ertappte ihn auf frischer That, wie er sich gerade anschickte, das abscheuliche Weibstück, Regina Möller, zu küssen. Natürlich that sie das einzige, was sie in solcher Lage thun konnte, sie gab ihm den Verlobungsring zurück und sagte, daß er ihr nun und nimmermehr wieder unter die Augen kommen sollte; seine heutige Handlungsweise trennte sie für immer. Hierauf erwiderte Tom, daß er sich sofort ertränken würde, und — fort war er. Seit jenem schrecklichen Augenblick hatte sie ihn nicht wieder gesehen.

Ich kicherte mir ein wenig ins Fäustchen. „Das verwegene alte Haus," murmelte ich, „muß gerade diesen Augenblick irgend wo in Göttingen sein, denn ich weiß, daß er nicht Geld genug hatte, um von hier loszukommen." .... Mit gutem Gewissen tröstete ich daher Marie, so viel wie ich konnte, mit der Versicherung, daß ich spätestens nach Verlauf von zwölf Stunden zurückkommen würde. Sodann machte ich mich auf den Weg, Tom aufzusuchen.

Vergeblich streifte ich den ganzen Vormittag umher; ich konnte keine Spur von ihm entdecken. Ich wurde immer verdrießlicher und auch wiederum ängstlich. Ich ging zur Polizeiwache und setzte die ganze Maschinerie des Gesetzes in Bewegung, und bot demjenigen eine Belohnung von tausend Mark an, der irgend welche Nachricht über T. Jesselson geben konnte. Ich ließ flammende Plakate drucken, in gelber und roter Farbe, und dieselben über die ganze Stadt verbreiten. Sie verursachten eine außerordentliche Sensation, und drei viertel der Bevölkerung machten Jagd auf den armen Tom. Er mußte bald in die Enge getrieben werden; wenn er tot war, mußte er bald gefunden werden — wenn lebendig, mußte dies eine gute Lehre für ihn sein.

Ich kehrte zu Marie zurück und sagte ihr, was ich gethan hatte, spielte eine Partie Billard im Hôtel Royal und schlenderte, ehe ich zu Bett ging, die Rote Straße herab, um meine Cigarre aufzurauchen. Träge kaute ich an meinen Nägeln und wandelte planlos bis zum Leinekanal. Als ich zurück ging, hörte ich hoch über meinem Schädel den Pfiff, der Tom und mir als gegenseitiges Erkennungszeichen dient. Ich spitzte die Ohren und starrte sprachlos an dem Gebäude hinauf, das ich soeben passierte, in die Luft. Natürlich konnte ich nichts sehen, weil das trübe Geflimmer der Gaslaterne nur bis zum zweiten Stockwerk reichte. Zuerst dachte ich, daß ich mich geirrt hätte, und daß der Pfiff

vielleicht dem Mundloch eines Lehrburschen entflohen
war, der gerade hinter einer Dogge hersetzte — doch
horch! es wurde abermals gepfiffen.

„Hier bin ich, mein Sohn," kam das laute Ge=
flüster in etwas schleppender Sprechweise irgend woher
von oben. „Mir ist zu Mute, als ob ich aus Mangel
an Nahrung sterbe, jedenfalls bin ich hungrig wie ein
Scheunendrescher; bitte, hole mir etwas zu essen, aber
komm' gleich zurück — sechs Treppen hoch."

„Wer redet da?" fragte ich grollenden Tones.

„Ich, Herzblatt, dein kleiner Tom."

„Es ist nicht möglich," bemerkte ich, ohne einen
Finger zu rühren. „Auf solchen Leim krieche ich nicht!
Tom Jesselson ist mausetot, er hat sich ertränkt. Seine
Verlobte ist auch tot, heute morgen ist sie am gebroche=
nen Herze verschieden." —

„Bert," bellte Tom wie wahnsinnig, „du lügst, was?"

„Ja wohl, du Einfaltspinsel," kicherte ich, „es
war ja nur ein Schuß ins Blaue; ich wollte ent=
decken, ob du es wirklich warst oder dein Schatten.
Wir wollen jetzt das Kriegsbeil begraben. Sogleich
werde ich meiner geknickten Blume ein wenig Süßig=
keiten bringen, fasse nur Geduld. In einem Nu bin
ich zurück, auf Wiedersehen!" Wie von Furien gepeitscht
eilte ich zur nächsten Bäckerei und erstand einen Haufen
Lebensmittel.

Ich hatte allen Grund zu glauben, daß ich nie das
Ende jener Treppen in Toms neuer Wohnung er=
reichen würde. Ich bin das Bunker=Hill=Denkmal und
die Kölnische Domkirche hinaufgeklettert . . . . sie sind

aber die reinen Waisenkinder gegen Toms Domicil in betreff der Höhe. Vermöge des dämmerhaften Lichtes eines Schwefelholzes klomm ich zuletzt mit größter Lebensgefahr die halsbrecherischen Stufen einer Leiter herauf, die mich in eine Dachstube führte, welche ohne Bedenken mehr den Namen Rattenloch verdiente. Abgesehen von dem spärlichen, ersterbenden Scheine meines Streichholzes herrschte eine undurchbringbare Finsternis in Toms Asyl, und wenn letzterer mich nicht beim Genick gefaßt hätte, wäre ich sicher bald mit allen möglichen und unmöglichen Dingen in unangenehme Berührung gekommen.

„Du bist ein Engel erster Ordnung, sollst bald einen Posten bei der Heilsarmee bekommen," äußerte er erfreut, während er mich geradezu bärenhaft an sich drückte. „Setze dich gefälligst!"

„Wo?" fragte ich, indem ich vergeblich die Dunkelheit zu durchdringen versuchte.

„Auf den Fußboden, wo sonst?" bemerkte Tom trocken. „Des Pudels Kern ist, daß ich soeben alle meine Stühle zum Tapezierer geschickt habe. Vielleicht merkst du auch, daß ich kein Licht habe — das kommt aber nur von meiner Vorliebe für die Finsternis. Wenn ich mich nur erst durch dieses Erquickungsmahl ein wenig erfrischt und meine ausgedorrte Kehle mit diesem vortrefflichen Brunnenwasser etwas angefeuchtet habe, können wir uns unterhalten." Sodann begann er mit einem wahren Heißhunger zu essen.

Binnen erstaunlich kurzer Zeit hatte er den reichlichen Vorrat aufgeräumt.

„Tom," sagte ich ohne Zögern, „was für Streiche hast du wieder gemacht? Du bist ein ganz vertrallerter Esel!"

„Topp! Das bejahe ich," erwiderte er traurig, ohne mit der Wimper zu zucken. „Ich bin immer ein treuer Anhänger der Darwinschen Theorie gewesen, obwohl dieselbe ziemlich rücksichtslos unsern Vorfahren gegenüber verfährt. Die Entwickelung ist bei einigen Exemplaren des homo sapiens schneller vorgerückt als bei anderen, das ist alles. Ich zum Beispiel bin, wie du treffend bemerkst, nur ein Esel; du dagegen ein tadelloser Gentleman."

Da ich keine Neigung verspürte, diese letzte Behauptung zu verneinen, hielt ich den Mund und beschäftigte mich damit, eine Spinne zu fangen, die mit bewundernswerter Behendigkeit meine Wirbelsäule herabkroch. Nach einer erschöpfenden Jagd gelang es mir, den kleinen Springinsfeld zu erhaschen, und mit einem Jubelgeschrei brachte ich ihn triumphierend um.

„Hauslamm," unterbrach mich mein Hungerleider, „danke bestens für diesen spärlichen Mundvoll; da ich aber kein Prasser bin, fühle ich mich vollkommen befriedigt — gieb mir jetzt einen deiner unübertrefflichen Glimmstengel, und ich werde mich herrlich in diesem ruhigen Schlaraffenland amüsieren."

„Laß uns nun mit deiner Todsünde sofort kurzen Prozeß machen, Tom," warf ich ein, als ich ihm den verlangten Luxusartikel überreichte. „Es liegt meiner Ansicht nach klar am Tage, daß du wieder dummes Zeug gemacht hast. Wenn du mir keinen reinen Wein einſchenkſt, ſo werde ich dich im Stiche laſſen und meine Hände in Unſchuld waſchen.“

„Stimmt!“ lachte Herr Jeſſelſon. „Ich fürchte je= doch, daß du anſtatt deiner Hände, mir den Kopf waſchen wirſt, aber nichtsdeſtoweniger werde ich dir alles beichten. Erlaube mir, von vornherein zu be= merken, daß ich von Haus aus unſchuldig bin wie ein neugeborenes Kind. Ich bin immer der Sündenbock, aber wenn ich im Beichtſtuhl wäre und bald den Weg alles Fleiſches gehen müßte, würde ich noch gegen jene Unthaten proteſtieren, die man mir jetzt wieder in die Schuhe ſchieben will, — ich bin ſchuldlos.“

„Das klingt ohne Zweifel brillant, mein Parade= zögling,“ fiel ich ihm ins Wort, „aber wer iſt denn der Miſſethäter, vielleicht das Fräulein, das du geküßt?“

„Wahrhaftig, du biſt ein Prophet!“ rief der Schelm. „Behüte der Himmel, daß ich meinen Bübereien einen verſchönenden Anſtrich geben will, aber ich glaubte wirklich, daß Regina Möller den. ſehnlichſten Wunſch hegte, daß ich ſie küſſen möchte; da ich nun von jeher ſtets zur größten Höflichkeit dem ſchönen Geſchlecht gegenüber erzogen bin, ſo gab mir mein Taktgefühl ein, dieſen Wunſch zu erfüllen. Du kannſt mich unmöglich verurteilen, weil ich das that.“

„Tom,“ fragte ich ſtreng, „vergaß ſich Fräulein Möller ſo weit, daß ſie dich unverhohlen bat, ſie zu küſſen?“

„Ne ne, das würde ein Ding der Unmöglichkeit ſein,“ antwortete er ſehr niedergeſchlagen, „aber ich dachte, daß ſie das ſagte. Das Fiasko entſprang aus

meinem geringen Verständnis des deutschen Kauder=
wälsch. Natürlich kann ich ziemlich gut beinahe alles,
was man mir sagt, verstehen, und ich habe ja auch
ein wenig sprechen gelernt. Marie und ich kommen
mit einander sehr gut aus. Regina aber plappert wie
eine Wassermühle, sodaß ich immer drei oder vier Sätze
im Rückstaude bin und ganz verwirrt und konfus werde.
Den ganzen, lieben, langen Abend, den wir auf dem
Maskenballe zubrachten, hatte sie mit mir kokettiert,
bis ich fertig war, ein Notsignal zu erhöhen und um
Gnade zu bitten. Ein gebranntes Kind scheut das
Feuer, weiß du.

Beim Souper saß ich neben ihr, und sie blickte
lächelnd und schmachtend zu mir herauf, dabei eine
wunderschöne Reihe milchweißer Zähne zeigend. Sie
hat Schick, diese Regina. Ich wußte nicht, was die
Dame im Schilde führte, aber ich warf meine Vorsicht
über Bord und gab ihr die zuckerartigen Blicke mit
Zinsen zurück. Ich dachte, sie durch dieses Entgegen=
kommen ein wenig zu ergötzen, weiter nichts. Solcher=
weise spielte die Komödie ohne Störung eine ganze
Zeit, aber nichts Irdisches ist imstande, länger als eine
gewisse Zeitspanne zu dauern, und endlich, nachdem
wir mehrmals zusammen gewalzt, gingen wir ins Con=
servatorium, uns abzukühlen. Ich war in den Händen
der Zauberin zu Wachs geworden. Regina machte
gar keinen Versuch, ihre Ermüdung zu verbergen, son=
bern sank in einen Armstuhl nieder, schlug ihren Fächer
geräuschvoll zusammen und murmelte etwas über „küssen.“
Jedenfalls war dies das einzige Wort, das ich hörte.

Ihre Bemerkung nahm mir geradezu den Atem weg; trotz meines gewöhnlichen Gleichmuts schauderte ich über die Kühnheit dieser modernen Circe. Solche Naivität und Unverfrorenheit reichte aus, einen Kieselstein zu schmelzen, geschweige denn eines Sterblichen Herz. Schüchtern trat ich etwas vor . . . . . „Küssen?" fragte ich gelinde. „Sagten Sie nicht küssen?"

Sie nickte. „Ja aber rasch," bat sie, „ich sitze so unbequem."

Mir war nicht ganz wohl zu Mute, ich hätte gern zaudern mögen, durfte es aber doch wohl nicht. Vielleicht ist es eine harmlose, deutsche Gewohnheit, eine bloße Redensart, dachte ich, wodurch die Mädchen zeigen wollen, daß sie die Männer gern haben — wenn das der Weltlauf ist, so mag es denn sein. Um nicht an Höflichkeit übertroffen zu werden, beugte ich mich zu ihr nieder und küßte Regina drei= oder viermal ganz herzhaft auf den Mund.

Dann folgte eine famose Scene. Regina weinte einen erklecklichen Ozean Thränen und gab mir nach französischem Rezept eine starke Ohrfeige. Marie, die auf der Thürschwelle stand und die ganze Geschichte mit angesehen hatte, warf unsern Verlobungsring wie einen alten Handschuh in den Kamin und überschüttete mich mit Vorwürfen. Fräulein Möller aber flog ganz außer Fassung zu ihrem Mamachen; meine Braut und ich starrten uns schweigend an.

„Herr Jesselson," bemerkte sie verächtlich, „der Himmel weiß, daß ich nicht nach der Bedeutung dieses kleinen Intermezzos fragen will, dessen zufälliger Augen=

zeuge ich gewesen bin; es ist mir kolossal einerlei. Ich möchte Sie aber bitten, mich von jetzt an nicht mehr mit Ihren ekelhaften Aufmerksamkeiten zu belästigen." ... Mit der Miene einer Tragödienkönigin zog sie rauschend von dannen.

„Die Sache ist abgethan!" rief ich hinter dem letz= ten Zipfelchen ihrer Schleppe her. „Sie haben mir zu guter letzt das Herz gebrochen! Ich werde mich sofort ertränken."

„Nehmen Sie sich in Acht, daß Sie sich nicht er= kälten," lächelte Marie höhnisch.

So trennten wir uns. Ich stürzte heraus ins Freie, ohne zu bemerken, daß ich keine Kopfbedeckung hatte, und richtete meine Schritte nach der Leine. Die frische Luft that meinem erhitzten Schädel gut, und ich er= innerte mich bald, daß ich nicht eigenwillig in den Tod gehen durfte, sondern daß es meine Pflicht war, meines Vaters halber weiter zu leben. Ich hatte nicht Mo= neten genug, mit der Eisenbahn weg zu fahren und mußte daher einen Ort auffinden, an dem ich mich verborgen halten konnte. Die Thür dieses unbewohn= ten Hauses stand offen; ich sprang herein und kletterte zu dieser Bodenkammer herauf. Hier habe ich den ganzen Tag geschlafen und geträumt und hatte soeben die Absicht, meinen Bau zu verlassen und etwas für den Schnabel zu holen, als ich dich vorbeigehen sah."

„Alles wird mit Marie wieder ins Gleiche kommen, wie ich hoffe," sagte ich traurig, „aber du verdienst es eigentlich nicht. Ich bin nicht ganz sicher, Tom, jedoch ich argwöhne stark, daß du ein hohlköpfiger, eingebildeter

6

Tropf bist — vielleicht bin ich aber im Irrtum. Weißt du, was Regina wirklich sagte, anstatt küssen?"

„Ich habe sechs Stunden über nichts Anderes nachgedacht," erwiderte mein Freund niedergeschlagen, „und bin endlich auf den Gedanken gekommen, daß sie mich bat, das Kissen hinter ihr zurecht zu legen. Jemine! Das soll mir eine Lehre sein!"

„Hoffentlich," lachte ich, „das will ich meinen. Du bist ein Naturkind vom reinsten Schlage, sollst aber lernen, dich nicht für so entzückend zu halten, sondern im Gegenteil bescheidener werden."

„Das ist es gerade," seufzte der Pessimist trübe, „ich fürchte, daß ich dann zu bescheiden werde. Denk' dir das Unglück, wenn mich eines Tages wirklich ein Mädchen bittet, sie zu küssen, und ich keine Notiz davon nehme. Ich werde dann so schüchtern sein, daß ich wie ein keuscher Joseph davon laufe."

Ja, ich glaube, er dachte aufrichtig so.

Eine Episode im Stadttheater.

Es ist nicht gerade meine Gewohnheit, die zahl=
reichen Narrenstreiche meines Zeitgenossen Jesselson zu
entschuldigen und zu beschönigen; dieses Mal aber bin
ich halbgezwungen, einzugestehen, daß er untadelhaft
ist, daß das Geschick ihm einen ungalanten Possen ge=
spielt hat, mithin auch für das Geschehene allein ver=
antwortlich gemacht werden darf. Er war wirklich
mehrere Tage nach dem verhängnisvollen Maskenballe
auf dem besten Wege der Besserung gewesen, und alle
seine Freunde gaben sich der begründeten Hoffnung
hin, daß er endlich die Hörner abgestoßen habe und
der Bubenstreiche müde sei.

Es ging ihm zwar gegen den Strich, aber es war
doch eine seltene Erfahrung für Tom, sich ein wenig
Achtung zu verschaffen; darin lag eben für ihn der
Zauber von Neuheit. Der spröde, großnäsige Aus=
druck seines ovalen Antlitzes stand in schreiendem Kon=
trast mit seinem sonstigen Betragen. Man mußte ihn
jetzt einmal sehen, und man hätte ihn nie wieder ver=
gessen können. Sogar seine Stimme änderte er, sein
früherer, durchdringender Diskant war zu einem ge=

6*

zwungenen Baß herabgeſtimmt — ja, er trieb es mit
ſeiner Buße ſo weit, daß etliche dachten, er habe kürzlich einen Todesfall in ſeiner Familie gehabt, und daß
ich ſogar behauptete, dieſe Welt ſei zu ſchlimm für ihn,
und es ſei zu befürchten, daß er, nachdem er eine kurze
Uebergangsperiode hier geweilt hätte, derſelben entrückt
werden würde.

Es war jedoch nur die augenblickliche, gewitterſchwüle
Stille vor dem Sturm.

Das Unglück nahte ſchnell und zwar in der plebe-
jiſchen Geſtalt des Lieutenants Ernſt Gunter, desſelben,
dem Tom auf dem Courierzug geholfen hatte, mit der
Tochter des Berliner Kaufmanns durchzubrennen. Das
junge Paar kehrte unerwartet von den Flitterwochen
zurück und mietete eine Reihe Zimmer im Kronen-Hôtel.
Wahrſcheinlich ſollte die Saiſon des Kaiſerlichen Stadt-
Theaters bald eröffnet werden, wozu die Anweſenheit des
flotten Offiziers a. D. allerdings nötig war, denn derſelbe
hatte die Oberregie der Schauſpiele und trat auch von
Zeit zu Zeit perſönlich in jugendlichen Charakterrollen auf.

So bald ſich „Lieutenants“ in ihrem Quartier häus-
lich eingerichtet hatten, luden ſie meinen Buſenfreund
zu einem gemütlichen Diner ein, und im Laufe einer
Woche hatten die drei eine enge Freundſchaft geſchloſſen.
Ich wurde allmählich auch in dieſelbe aufgenommen,
und bald kannten wir uns einander ſo gut, wie ein
Junge ſeine erſte Hoſentaſche. Sehr oft ſaßen wir bis
ſpät in die Nacht hinein zuſammen, um mit beinahe
abergläubiſcher Verehrung den an Theſeus erinnernden
Abenteuern des mächtigen Tom zu lauſchen, und mit

ihm weite Reisen in ferne Weltteile zu unternehmen. Letzterer war zuerst ein Rätsel für den Teutonen, aber nach und nach versuchte dieser offenbar jede fabelhafte Erdichtung zu glauben, die die kräftige Einbildung des Aufschneiders hervorzauberte, und endlich schluckte er alles wie reines Manna hinunter.

Tom, seinerseits, war nur zu froh, eine ganzneue Person zu haben, der er seine abgedroschenen, verbrauchten Witze und Geschichtchen auftischen konnte, und ich mußte nolens volens alle jene regelrechten Schiffergeschichten und ermüdenden Enten, die ich bereits Dutzende von Malen mit angehört, wieder herunterwürgen. Mir wurde aber ein Lohn — ich trug zwar nicht die Kosten der Unterhaltung, baute dafür aber ein Luftschloß nach dem anderen und dachte über meine Novelle „Die Première" nach, indem ich bequem rittlings auf einem Lehnstuhl saß. In solcher Weise unterbrachen wir die Einförmigkeit unseres Lebens.

Eines Abends hatten wir unsererseits Herrn und Frau Gunter eingeladen, natürlich auf meine Bude. Marie, der Theaterdirektor und die Musiklehrerin, die in liebenswürdiger Weise als Hausdame fungierte, wurden auch eingeladen; wir genossen ein vortreffliches Abendessen zusammen. Tom war besonders glänzend und glücklich; mit empfehlungswürdiger Großmütigkeit verteilte er meine Havannas zwischen Gunter und dem Direktor, der, nebenbei bemerkt, der denkbar angenehmste Geselle ist. Wir waren mit ihm durch die Vermittelung des Lieutenants bekannt geworden.

Sie sprachen viel über die Vorstellung einer neuen

Komödie, die zum ersten Mal am nächsten Abend über
die Bretter gehen sollte. Sie hieß: Der Garnisons=
teufel. Etwa anderthalb Stunden bildete das neue
Lustspiel den Gesprächsstoff; wir warfen nur zuweilen
einsilbige Fragen dazwischen, bis ich glaubte, daß ich
fähig sei, beinahe jede Rolle des Lustspiels zu spielen.
Dasselbe begann mit einer Zänkerei zwischen zwei Offi=
zieren, deren Rollen in den Händen Gunters und des
Intriganten des Stücks lagen. Die Einzelheiten wurden
uns so lebendig vorgeführt, daß ich mir einen wahren
Genuß vom Besuch der Vorstellung versprach.

Doch alles Irdische hat ein Ende, und so war es
auch bald für unsere Gäste Zeit, sich zu verabschieden.
Der Direktor schien zu überlegen, als Tom ihm seinen
Ueberrock anziehen half. Er klopfte die Asche von
seiner Cigarre und nahm seinen Hühnerkorb von einem
Filz vom Kleiderhalter.

„Herr Jesselson,“ bemerkte er freundlich, „wenn es
Ihnen Vergnügen macht, können Sie morgen Abend
hinter die Coulissen kommen und bei unserer Kostü=
mierung zugegen sein — Sie werden mich nach sieben
Uhr im Garderobezimmer finden. Hoffentlich wird
Ihr Freund mit . . . . . .“

„Oder noch besser,“ stimmte Lieutenant Gunter herz=
lich zu, „suchen Sie mich im Ankleidestübel Nummer 16
auf. Kommen Sie früh, Sie können alsdann sich selbst
in einem meiner kunterbunten Kostüme auftakeln und
schminken und so sehen, was für einen feinen jugend=
lichen Liebhaber Sie abgeben können.“

Solch kindischer Krimskram genügte nun zwar

nicht, mich zu verführen, Tom aber wurde dadurch bis
zu solch fieberhaftem Höhepunkt gekitzelt, daß er kaum
seine Lippen schließen konnte; er überhäufte die Herren
sogleich mit überschwänglichen Dankesbezeugungen und
verabredete fest das Rendezvous mit dem Verteidiger
seines Vaterlands a. D.

„Gucke mal," rief er mir, nachdem die Schauspieler
fort waren, in generöser Weise zu, indem er meine
Nase zwischen Daumen und Zeigefinger hielt, „was
für ein Glückspilz ich bin, was? Du, Bert, kannst
den guten Samariter spielen, wie sich's für einen guten
Gesellen schickt und Marie nach dem Theater eskortieren;
zehn gegen eins, ich will Euch nach dem ersten Akt
aufsuchen. Ist nun alles arrangiert? Wie, alter Freund
und Kupferstecher?"

„Jawohl," setzte ich gehorsam hinzu, „hier hast du
meine Hand drauf. Diese Anordnung ist sehr selbstlos
von dir; es wundert mich, daß eine Menschenseele so
aufopfernd sein kann. Und da eine Liebe der andern
wert ist, so will ich gern deine Braut als dein Stell-
vertreter heiraten, wenn es dir lästig fallen sollte, dies
zu thun. Wenn ich noch etwas Anderes für dich thun
kann, so sag' mir morgen Bescheid."

„Hm, du bist so gut — immer war es so," fuhr
Tom fort, indem er seinen Arm sanft um meinen Nacken
schlang und mit seinem breiten Gesicht lächelte. „Be-
ruhige dich, Schätzchen, ich will dich nicht bei den
Nachbarn verdingen. Komm, Marie, bist du fertig?"

„Ich glaube," sagte Marie, die bisher geschwiegen
hatte, mit schlauem Blinzeln, „daß ich auch enorm gern

mal hinter die Coulissen kieken möchte. Ich könnte
mich dann wie eine Balleteuse, oder wie das Ding
sonst heißen mag, ankleiden und auch sehen, wie sein
ich gepudert, gemalt und gefärbt aussehe. Soll ich?
Was denkt ihr?"

„Du lieber, lieber Himmel!" schrie Tom erschrocken,
indem er mit der einen geballten Hand auf die innere Fläche
der anderen schlug. „Jede Wette, daß das ein Ding
der Unmöglichkeit ist."

„Mag sein, ich weiß es noch nicht," seufzte Marie
mit vollster Unbefangenheit gähnend. „Wir werden
uns bald wieder sehen. Abieu, Bert." .... Sie
warf mir einen süßen Blick zu, der wohl den heiligen
St. Antonius hätte verführen können, und schlenderte
gemächlich zur Thür hinaus.

Wahrhaftig, mein Freund war an die rechte Frau
gekommen, die ihm stets mit gleicher Münze bezahlen
würde. Eine ausgepichte Erzkokette, ganz wie Maria
Stuart, und eine, welche die Karten verflucht gescheit
zu mischen verstand. Ich dachte traurig an Adele.

Trotz des kriegerischen Verhaltens seiner Dulcinea
versuchte Tom sein Heil, was mich allerdings in keiner
Weise überraschte. Ich war in der That durchaus
nicht abgeneigt, die anerkannte Schöne der Göttinger
Gesellschaft zum Theater zu begleiten, besonders da die
in Frage stehende Dame sich offenbar vorgenommen
hatte, mit mir tüchtig zu koketieren, um ihren Bräu=
tigam zur Verzweiflung zu bringen. Außerdem schlug
sie auf diese Weise zwei Fliegen mit einer Klappe.

Das niedliche, neuerbaute Theater war bereits ge=

drängt voll, als Marie und ich ankamen, und es ver=
gingen wenigstens zehn Minuten ehe wir unsere Hüte
an die kleinen Haken hängen konnten, die rings an der
Wand der Vorhalle herum angebracht sind. Dann
betraten wir unsere Loge. Unser Erscheinen, oder viel=
mehr das Mariens, erregte eine sichtbare Sensation,
und während der folgenden zehn Minuten wurden wir
viel lorgnettiert. Unser Eintritt war das Signal für
eine unbestimmte Zahl von jungen Laffen und Mutter=
söhnchen, sich vor uns zu verbeugen und uns unter=
thänigst zu grüßen. Infolge hiervon wurde ich bald
so benebelt, daß ich nur ganz mechanisch und konfus
nickte, wie ein Honigkuchenpferd grinste und mich wie
ein Dickschädel benahm, der sich den Heusamen noch
nicht aus den Haaren gekämmt hat. Dabei sah und
hörte ich fast nichts. Das gefühllose Orchester machte
sich inzwischen des verruchtesten Meuchelmords an
Lißts unsterblicher ungarischen Rhapsodie No. 2 schul=
dig, ein Vergehen, das in erster Linie auf das Kerb=
holz des Baßhornisten zu schreiben war, der augen=
scheinlich gleich zu Anfang die Controlle über sein In=
strument total verlor, ohne derselben durch das ganze
Stück wieder Herr zu werden.

Das Rauschen der Programme, das Summen von
anderthalb tausend menschlichen Zungen, die alle gleich=
zeitig in Bewegung waren, und das Zuschlagen der
Eingangsthür erinnerte unwillkürlich an eine chinesische
Sonntagsnachmittagsschule.

Dann folgte eine flaue Pause, und alle Augen
wurden wie auf Kommando nach der Bühne gerichtet.

In der plötzlich eingetretenen Stille hörte man deutlich die hochwichtige Schelle der Rufglocke, und zu gleicher Zeit ging der Vorhang hoch, während eine sanfte Musik durch den Raum ertönte.

Im Laufe meines abenteuerlichen Lebens habe ich, wie ich, ohne mir zu schmeicheln, wohl sagen darf, ziemlich viel seltsame Erfahrungen gemacht und dabei mich doch vermöge eines verborgenen Kapitals von Selbstbeherrschung nie aus dem Gleichgewicht bringen lassen. Stets war ich gegen jede Ueberraschung gefeit, wie unerwartet sie auch kommen mochte. Dies Mal jedoch verließ mich mein Gleichmut völlig; ich warf die Füße in die Höhe und stieß ein solches Gelächter aus, daß die ganze Zuhörerschaft mit ihren Köpfen herum fuhr, als ob der Blitz seinen verderblichen Weg zwischen sie genommen hätte.

Man hätte glauben sollen, daß meine Unbesonnen= heit Marie erröten gemacht habe, keine Spur davon. Im Schatten der Gardinen lehnte sie sich matt im Stuhle zurück, stützte den Kopf auf die Hand und machte voll sichtlicher Pein die Augen zu, als wenn sie auf ihrem Sterbebett gelegen . . . . denn dort oben auf der Bühne, im blendenden Glanz der Rampen= lichter, mit dem tief erschrockenen Blick eines zu Tode getroffenen Wildes in seinem geisterbleichen Gesicht, stand Thomas Jesselson. O, Ben Akiba, wie schändlich ließ dich hier deine Weisheit im Stiche!

Die schlanken Beine meines unglückseligen Freundes schlotterten in einem ungeheueren Paar Artilleristen= Stiefeln und waren mit roten, von gelber Litze einge=

faßten Hosen umhängt. Die obere Hälfte seines Kör=
pers war in ein Blusenhemd mit hochstehendem Kragen
und einer ungeheuren Atlaskravatte gekleidet, und in den
Händen hielt er ein Schwert empor, mit dem er gerade,
als der Vorhang hoch gezogen wurde, vor einem Spiegel
die schwierigsten, allen Regeln der Fechtkunst spottenden
Uebungen ausführte. Halb Vogelscheuche, halb Don
Quixote — das Ganze unendlich lächerlich!

Der komische Ausdruck der Seelenangst auf den
Zügen des Schauspielers wider Willen, der sein Dilemma
vorzüglich realisierte, der erstaunte, ins Leere starrende
Blick, den er auf die Zuschauer warf, erschien diesen
letzteren als die Kunst in ihrer höchsten Potenz, und
der Saal hallte wieder von den wütenden Bravos
und dem nicht enden wollenden Handklatschen. Wenn
der gichtbrüchige Tom jetzt zu sprechen versucht hätte,
so würde ihn allem Anschein nach niemand haben hören
können; aber hätte auch seine Existenz auf seinem
Sprechen beruht, so zweifle ich noch, ob er überhaupt
ein einziges Wort hätte hervorbringen können.

Was geschehen wäre, wie die Dinge nun einmal
lagen, wenn Tom noch lange einsam den Augen des
Publikums ausgesetzt gewesen wäre, kann ich nicht
sagen, wage es nicht einmal zu denken. Kurzum, Herr
Gunter liefte hinter einem Baum hervor, begriff sofort
die Sachlage, und stürzte, wie aus einer Pistole ge=
schossen, rasend auf die Bühne. Er kreuzte die Arme
steif über der Brust, unmittelbar vor Tom stehen blei=
bend. Ohne ein Wort zu sprechen, faßte der Lieute=
nant Tom scharf ins Auge, während seine Blicke Feuer

und Haß sprühten. Bedachtsam hob er seine Hand in
die Höhe, und eine Sekunde später hatte er mit sein
dramatischem Effekt Tom nach der neuesten Mode so
gewaltig maulschelliert, daß der Schlag durch den ganzen
Saal hörbar wurde.

Natürlich fügte sich der arme Gunter so gut wie
möglich in das Dilemma, in dem er sich befand, und
wünschte nur, seine Rolle auszuspielen, ehe die Zu=
schauer entdeckten, daß etwas los war. Tom aber
wurde so verwirrt und außer sich, daß er nicht im
geringsten überlegte, was die Gründe für Gunters
Handlung sein könnten; er dachte bestimmt, daß der
Offizier ihn zu beleidigen suchte, und mit einem Klapps
schlug mein Gimpel seinen Gegner so tüchtig, daß er
zusammenknickte und wie ein Gemälde in Lebensgröße
auf dem Fußboden lag. Im ersten Augenblicke glaubte
ich, Gunter habe ins Gras gebissen.

Er fiel so natürlich nieder, und der Schlag sah so
realistisch aus, daß das unbändige Applaudieren die
Nerven meines Trommelfells jeden Augenblick zu zer=
reißen drohte. Dann folgte ein so tiefes Stillschweigen,
daß das Ticken einer Uhr hörbar war, als nämlich
der auf die Erde hingestreckte Held sich langsam auf=
richtete, auf den hölzernen Tisch stützte, der unter einem
Baum im Vordergrund stand, und, ohne ein Wort zu
sprechen, dem Tom seine Karte reichte. „Mitternacht,
hinter dem Carcer, Pistolen — auf Leben und Tod,"
äußerte Tom schleppend, indem er seine Fassung nur
durch eine energische Anstrengung wieder gewann. So=
dann riß er die Karte in Stücke und schleuderte sie

mit höhnischer Miene auf den Boden. Mit einem verächtlichen Kratzfuß gegen den Lieutenant trat er ab.

Sein Abgang wurde das Signal für ein abermaliges donnerndes Klatschen; aber es ist wohl unnötig, zu bemerken, daß Tom nicht wieder erschien. Die Komödie verlief ohne jede weitere Störung, denn der Mann, dessen Rolle Tom unabsichtlich weggeschnappt hatte, nahm dieselbe da auf, wo mein Freund sie hatte fallen lassen. Der einzige Unterschied zwischen Tom und seinem Nachfolger bestand darin, daß der letztere beinahe dreißig Centimeter kleiner war als jener. Zwar wurde manch ein erstaunter Blick auf den Schauspieler geworfen, als er zum ersten Mal erschien, aber niemand hatte den geringsten Argwohn von der Wahrheit, den unglücklichen Gunter ausgenommen, der nach Schluß der Vorstellung sagte, daß es ihm vorkäme, als ob er von einem Esel windelweich geschlagen wäre.

Inzwischen kleidete sich Tom um, wusch die Schminke weg und schlich gerade wie ein verhauener Köter nach unserer Loge. Die Stille, die seinem Eintritt folgte, wirkte entmutigend und unheilverkündend. Marie lenkte meine Aufmerksamkeit auf zwei Damen, die im Begriff standen, das Haus zu verlassen und schien Toms Gegenwart gar nicht zu bemerken. Ich glaube, daß dies so bis zum Schluß der Vorstellung weiter gegangen wäre, wenn Tom nicht gesprochen hätte. Man hätte annehmen sollen, daß sich Tom, nachdem er sich so großartig blamiert, in tiefes Schweigen gehüllt haben würde, aber nein — das wäre ja auch von der guten Plaudertasche zu viel verlangt.

„Die Vorstellung scheint heute Abend ganz nett besucht zu sein," platzte er los, mit starrem Blick seine Nachbaren musternd. „Bert, ich danke dir herzlich für deine Güte, Marie zu begleiten. Marie, Schnuckelchen, hast du dich amüsiert?" Diese anscheinend ganz einfachen Sätze sprach Tom so unschuldsvoll, als wenn nichts vorgefallen sein, und als ob er die letzte Stunde ruhig Domino gespielt hätte, anstatt dummes Zeug zu machen. Sein Phlegma machte uns wanken. Marie war die erste, die sich zusammenraffte; ein Weib kann das immer besser, als wir Herren der Schöpfung.

„Tom," lächelte Marie süßer als Melasse, indem sie ihre Hände geduldig im Schoße faltete, „ärgere dich nicht über deinen kleinen Fehler von vorhin, ich mache mir wirklich keinen Pfifferling daraus. Obwohl du keine Idee hast, wie unwiderstehlich lächerlich du warst, wie komisch! Jedermann mußte sich totlachen, wenn er dich nur ansah."

Nichts ist geeigneter einen sterblichen Mensch rasend zu machen als zuckerbedeckter Sarkasmus. Ein Mann hat schon oft das Lebenslicht seines Mitmenschen dafür mit einer Kugel ausgeblasen. Das Gesicht meines Freundes verriet jedoch keine Spur von Gemütsbewegung irgend einer Art. Wenn man Tom aus der Fassung zu bringen wünscht, muß man nicht nur sehr früh morgens aufstehen, sondern auch die ganze Nacht über die Stiefel anbehalten.

„Marie," äußerte er so traurig, daß man am liebsten hätte schluchzen und weinen mögen, „ohne Zweifel sahst du mich auf der Bühne, wie? Ich war dorthin

geschlichen, um durch das Vorhangloch dein hübsches
Selbst zu sehen. Nachdem ich mich in die Uniform
umgekleidet hatte, dachte ich bei mir selbst, ich möchte
wohl mal durch das kleine Loch kieken, um zu sehen,
ob Marie und Bert auch wirklich gekommen sind.

„Herr Gunter," fragte ich, „wie lang dauert es
noch, ehe der Vorhang aufgeht?"

Gunter war gerade damit beschäftigt, seine Augen=
brauen zu schwärzen und antwortete mir gedankenlos:
„Wenigstens noch zehn Minuten."

Darauf lief ich schnell auf die Bühne. Ich war
vielleicht zwei Augenblicke da, als ich ein Schelle klingeln
hörte. Haha, dachte ich, Gunter versucht, dich ins Bocks=
horn zu jagen, aber das gelingt ihm nicht! Starrsinnig
wie ein Hinterwälder, blieb ich deshalb gerade vor dem
Spiegel stehen und malte mir die enttäuschte Miene
der Herrn Gunter aus, wenn er einsah, daß ich nicht
auf seinen Leim kroch.

Dann jedoch, ehe daß ich Jack Robinson sagen
konnte, ging der vermaledeite Vorhang hoch. Der
Souffleur hatte mich gesehen, dachte in seinem wertlosen
Hirnkasten, daß ich der Intrigant sei, und daß alles zum
Beginn der Vorstellung fertig wäre und hatte dann
das Glockenzeichen für den Aufgang des Vorhangs ge=
geben. Sapperlot, ich versichere heilig und gewiß,
daß ich die dann folgende Scene nicht für fünf Dollar
nochmals durchmachen möchte!

„Tom," bemerkte ich plötzlich, „entschuldige mich
einen Augenblick, ich erinnere mich soeben, daß ich eine
bringende Sache mit einem Herrn zu besprechen habe,

ben ich unten sehe." Damit ergriff ich das Hasen=
panier.

Von einen armen Hagestolz, wie ich es bin, ist es
ziemlich viel erwartet, daß er alle die Salbaberei und
das unnötige Hin= und Herreden eines verlobten Paares
ertragen, oder gar Vergnügen daran finden soll. Ich
brachte die nächste halbe Stunde unten im Theaterkeller
zu und ließ mir ein Stück Gandersheimer Käse mit
Butterbrod köstlich munden; nur überkamen mich zu=
weilen traurige Gedanken an Adele. Dann ging ich
langsam nach der Loge zurück und hustete ein wenig,
ehe ich die Thür öffnete.

„Ich bin es nur," sagte ich kurz und schneibig wie
ein Schermesser, „aber ich bin jetzt müde und will
wieder Platz nehmen. Seid Ihr fertig?"

„Herein, Pfiffikus," rief Tom. Ich trat ein. Marie
saß fern in der einen Ecke der Loge, Tom weit davon
in der anderen. War es möglich, daß sie unversöhnt
waren — jetzt noch, nach dem Verlauf von dreißig
Minuten? Aber nein. Aus dem linken Auge meines
Freundes strahlte ein deutlicher Siegesblick. Marie
schaute durch die halb geschlossenen Augenliber auf
ihren Fächer.

„Benedicite, meine Kinder," flüsterte ich salbungsvoll
und wandte mich der Komödie, Der Garnisonsteufel, zu.

Papachens Hochzeitsreise.

Es war zwei Uhr Morgens. Seit mein bescheidener Zeitmesser die siebente Stunde angezeigt, hatte ich fast ununterbrochen an einer grausigen, blutigen Geschichte gearbeitet, in welcher der Held in Hamburg an der Cholera stirbt, und die schöne Glücksritterin von einer Lawine überrascht wird, gerade als sie im Begriff ist, dreißig Körner Arsenik hinunterzuschlucken. Ich hielt mit lobenswerter Beharrlichkeit an dem Pulte aus und hatte endlich das Behagen, das Opus vor mir liegen zu sehen, und meinen Namen mit einer Verzierung, die einer bessern Sache würdig war, unterschreibend, siegelte ich es in ein prosaisches Couvert und versah das letztere mit der Aufschrift Chambermaid's Own.

Mit einem Seufzer der Erleichterung warf ich mich auf das Sofa nieder, löschte die Lampe aus, um den herumschweifenden Insekten zu entrinnen und träumte ein wenig über die Zukunft, während ich mich an dem Doppelluxus des Nachdenkens und einer Meerschaumpfeife labte. Hier war Tom sicher ein Benedick, denn seine Ehe war vollkommen glücklich; er hatte ein neues

7

Blatt umgeschlagen und war meinem Herzen fremder geworden. Adele war auch verloren, so weit es mich betraf — jetzt erstreckte sich vor mir bis in mein hohes Alter die Aussicht auf ein wenig verlockendes Alleinsein. Dieser letzte Gedanke wirkte auf mich wie ein kalter Wasserstrahl. Pfui — man muß nicht über verschüttete Milch weinen! Ich mußte gute Miene zum bösen Spiel machen und die Welt mit meinen Novellen überwältigen. Vielleicht würden Adele und ich, wenn wir vereinigt worden wären, höchst elend geworden sein, quien sabo? Der Ehestand ist ja doch nur eine Art gefährlichen Lotteriespiels. Sauere Trauben zwar, aber gleichwohl ein tröstlicher Gedanke.

Weit unten auf der Weender Straße spielten sich augenblicklich charakteristische Raufereien ab, und es gab dort einen Heidenradau. Drei Mitglieder eines christlichen Vereins versuchten, von der Kneipe nach ihrer Wohnung zu gehen, aber leider ohne sicht= baren Erfolg. Auf einander gestützt, schwankten sie in den wunderlichsten Zickzackbewegungen von einer Seite der Straße zu der anderen, mit der vergeblichen Absicht, vorwärts zu kommen. Endlich konnte ich ihr Ge= lall verstehen, als sie in der Mitte des Pflasters stan= den und tadelsüchtig und mit teuflischer Schlauheit über die Frage disputierten — welches die andere Seite der Straße sei. — Wie sie sich endlich darüber einigten, mögen die Götter wissen. Solche Anblicke sind so häufig, daß sie gar nicht beachtet werden. In der Ferne hörte man das fortwährende Heulen des Göt= tinger Gesangvereins, das sich ganz ähnlich wie ferne

Bombenexplosionen anhörte; in der Nachbarschaft ver=
suchte ein Nachtwächter einen flotten Buxier, der eines
Feldwebels würdige Flüche hervorstieß, zu arretieren,
wahrscheinlich weil dieses schamlose Individuum die
nächste Gaslaterne ausgedreht hatte; in den Pausen
all dieser verschiedenen Laute hörte man das trockene
Husten eines armen Kindes, das an der Halsbräune
litt. Der flüchtige Beobachter, der dieses kleine Nest
für einen ruhigen, zum Schlafen günstigen Aufenthalts=
ort hält, sollte blos mal in einer Schlafkammer auf
der Weender Straße übernachten — den nächsten Mor=
gen würde er sich gewiß wundern, warum drei viertel
der Einwohner die ganze Nacht durch bellen, und warum
man, um dem ganzen die Krone aufzusetzen, eine Stube
eine Schlafkammer nennt, wenn es ein Ding der Un=
möglichkeit ist, auch nur einen Augenblick die Augen
zu schließen. Die Sahara würde im Kontrast zu dem
Lärm und Getriebe Göttingens angenehm erscheinen.
Die Amerikaner machen hin und wieder Lärm, die
Deutschen machen stets und ständig Lärm; das ist der
Unterschied.

Zusammenhanglos in solches Nachdenken versunken,
bemerkte ich nicht, wie viel Uhr es war, bis ich den
Schuster auf Sankt Johannis sein Horn blasen hörte,
das durch das Schweigen der Nacht wie die Posaune
des Weltgerichts ertönte. Mit schnellem Satz sprang
ich empor, schlug mir meine Ueberlegungen aus dem
Kopf und wollte die Fenster zumachen, ehe ich mich
auf meine Pritsche legte.

„Nachtrabe,“ drang eine Stimme durch die Nacht

7*

zu mir hinauf, „wirf deinen Drücker herab — ich habe
dir etwas Wichtiges mitzuteilen. Dein verlorener Sohn
ist zurückgekehrt, — laß das fette Kalb schlachten. Es
ist schwarz wie das Schüppenhaus hier unten, und ich
fürchte mich sehr. Du bist auch ein guter Junge,
mach' rasch!“

„Was ist los?“ rief ich in Ermangelung von etwas
Bessern aus, als ich den Schlüssel herab schleuderte.

„Ich reise nach Vließingen mit dem Zuge um
4 Uhr zwölf, wenn du mir das notwendige Handgeld
leihest — sonst muß ich auf Schusters Rappen reiten.
Mein jetziges Motto ist: Vließingen oder ber=
sten.“

Einen Moment später stolperte er mit seinen feen=
haften Fußtritten die Treppe herauf und trat so strah=
lend wie je in meine Bude. „Dieses Tableau, meine
Herren,“ schrie Tom aus voller Lunge, dem Markt=
schreier nachahmend, „stellt die Königin von Saba in
der ersten vollen Blüte ihrer Schönheit vor, wie sie
gerade mit Salomon beratschlägt.“

„Oder Richard Löwenherz, wie er die Juden ihres
letzten Hellers beraubte, ehe er auf den Kreuzzug ging,“
bemerkte ich mit rührender Offenheit. „Wie viel willst
du, Ketzer, schieß los — ich gehe zu Bett.“

„Roh, rauh und rüde, wie gewöhnlich; du hast
nicht mehr Lebensart als eine Kuh,“ seufzte mein Freund
traurig mit einer verzagenden Gebärde. „Ich wünsche
zwanzig Millionen Mark, aber ich kann für den Au=
genblick mit zweihundert fertig werden. Ich habe
soeben von meinem Vater eine Depesche von London

empfangen; sie, er und seine Frau, setzen heute Nach=
mittag über den Kanal."

„Warum in aller Welt pumpst du denn da nicht
deinen Vater an, Gänschen?" fragte ich. „Verstehe
mich recht, ich bin kein Knicker, meine ganze Börse
steht dir zur Verfügung, wenn du willst, das weißt
du ja. Aber ich bin verwünscht neugierig."

„Kein Wunder," erwiderte Tom, unbekümmert wie
die Sphinx, „deine Frage ist des Macchiavelli oder
Campanella würdig, aber ich bin nicht imstande, dir
mehr zu offenbaren, bis ich zurückkehre, als das eine,
daß es unmöglich sein würde, Geld von meinem Alten
zu borgen."

„Wirst du ihn nicht sehen?" beharrte ich, indem
ich ungläubig pfiff.

„Ja freilich, du Faselhans," fügte Tom, ohne mein
cynisches Lächeln zu beachten, hinzu, „und der Alte
wird mich auch sehen, er wird mich aber nicht erkennen,
du kannst deinen Kopf drauf wetten. Komm, starre
mich nicht so streng an — wo sind nun deine Schwänke,
deine Sprünge, deine Blitze von Lustigkeit, wobei die
ganze Tafel in Lachen ausbrach? Jener letzte Satz
ist aus Shakespeare, weißt du. Bert, wenn du die
zweihundert Mark flüssig hast, kannst du sie auszahlen.
Und nun wollen wir von etwas anderm sprechen. Wir
haben jetzt noch eine Stunde Zeit, bis der Zug fällig
ist — komm mit, und wir können Kaffee und Soda=
wasser im Bahnhof=Restaurant, dem Göttinger Delmo=
nicohafen, trinken, ehe ich fortfahre. Sie haben dort,
weißt du, Kaffee, der, auch in bescheidenen Dosen
angewendet, bald ein Rhinoceros umbringen könnte."

Ich hatte kein stichhaltige Entschuldigung zur Hand, und so ging ich, wie ein Schaf, das zur Schlachtbank geführt wird, mit meinem Freund zum Bahnhof; der Mann, der in dieser Welt nie verneint, ist der Glück=lichste. Tom umgab sich mit einem dicken Panzer von Verschwiegenheit und sprach nichts über seine plötzliche Reise. Wir plauderten wie ein Paar Sympathievögel über allerlei Themata, und erst, nachdem er wohlbe=halten ins Coupé gestiegen und mir durch das Fenster die Hand zum Abschied gereicht, sagte er: „Passe wohl auf, Bert. Morgen, wenn ich zurückkomme, werd' ich dir alles erzählen." — Die Glocke wurde dreimal ge=läutet, der Zugführer und die Lokomotive stießen fast gleichzeitig ihren Pfennigpfiff zweimal hervor, und Tom fuhr ab. Ich blieb, bis sich das letzte Rauchwölkchen des Zuges am Horizont verlor, und kehrte dann nach meiner Wohnung zurück.

Im Laufe des nächsten Tages kamen Herr und Frau Jesselson sen. wirklich an, und Abends hatten wir ihnen zu Ehren in einer wegen ihrer Küche be=rühmten Restauration ein ausgezeichnetes kleines Diner, wie man es überall bestellen kann, wenn man nur Geld genug hat. Der Lachs war vortrefflich, die Früh=lingssuppe herrlich und das Rebhuhn und die Cotelettes à la Soubise großartig. Dann brachten wir mit ein wenig gut gekühltem 68er Sekt ein Hoch auf unsere Gäste aus — die Damen tranken natürlich nur Rhein=wein. Später sang Tom mit vielem Esprit „Tacitus und die alten Deutschen", ich trug mit gedämpfter Stimme eins meiner letzten Gedichte vor (das, nebenbei

bemerkt, hohes Lob erntete) und Marie spielte auf dem
Pianino das Potpourri aus „Traviata". Sodann kam
die Reihe natürlich auch an Toms Vater, und dieser
sagte ohne Säumen, wie er ein Bein über das andere
schlug, daß er seiner Ansicht nach nichts Besseres thun
könne, als eins seiner neulichen Erlebnisse zu berichten.
Es war, sagte er, allerdings nicht romantisch, doch
aber wahr. Herr Jesselson war einer der · schönsten
Menschen, denen ich je begegnet bin — er war von
mittlerem Wuchse, schlank, aber doch kräftig gebaut und
sah mehr wie der ältere Bruder als wie der Vater
meines Freundes aus; es war ein gewisses Etwas in
seiner Weise, eine Geschichte zu erzählen, das niemals
verfehlte, einen lachen zu machen. Ohne eine Wimper
zu bewegen, begann er seine Erzählung:

Die Welt schreitet wirklich vorwärts. In diesem
Monat ist es gerade 40 Jahr her, daß ich zum letzten
Male in Europa war. Ich habe eine sehr schlimme
Vergangenheit und mache keinen Anspruch darauf, in
jenen alten Tagen eine leckerhafte Memme oder ein
Heiliger gewesen zu sein — im Gegenteil, oft verbrannte
ich mir die kleinen Flügel und brachte beinahe die
Hälfte meiner Zeit in einem gewissen Zimmer in der
Aula zu; die einzige Ursache, weshalb Tom mein Por=
trait dort nicht gesehen hat, ist die, daß mein Sohn
zu gut ist, je solch einen Ort als Domizil zu benutzen,
gelt, Thomas?

„Du hast Recht, Pa," atmete der Sohn mit seinem
kindlichen, exaltierten Engellächeln.

„Gut," stimmte der Vater feierlich wie ein Richter

zu. „Aber all das ist lange her, und ich kalkuliere, daß ich viel vergessen habe. Ich dachte, ehe wir uns in Holland ausschifften, daß ich noch ziemlich viel Deutsch könnte, aber gerechter Himmel, die büffelköpfige Froschquappe von einem Schaffner, der auf unserem Wagen war, überzeugte mich binnen fünf Minuten, daß ich ein absoluter Dummkopf war! Wir kamen in Vließingen gegen fünf Uhr an, nahmen unser Abend= essen in einem erbärmlichen Hôtel ein und kutschierten schleunigst nach dem Bahnhof. Es war pechdüstere Nacht, als wir in unseren Zug einstiegen, und ich er= staunte sehr, als ich merkte, daß die gewöhnliche Pintsch= gaslampe sich durch ihre Abwesenheit besonders be= merkbar machte. Schadet nicht, meinte ich, der Schaff= ner wird bald hier sein, um die Fahrkarten zu coupie= ren, und ich werde dann schon mit ihm darüber sprechen. Darauf sah ich, daß die beiden Fenster weit geöffnet waren; ich versuchte, sie zu schließen, aber sie widerstanden all meinen Anstrengungen. Die Nachtluft wurde sehr unangenehm kalt, und um die Dinge noch schlimmer zu machen, wenn das überhaupt möglich gewesen wäre, begann es tüchtig und unaufhörlich zu regnen, wobei der Wind die schweren Tropfen direkt in unser Gesicht peitschte. Der Zug fuhr ab; niemals in meinem Leben bin ich auf einer solchen Bahn ge= fahren. Das Erscheinen jeder neuen Schiene wurde durch einen jähen Ruck unseres Wagens angekündigt. Gerade als ich die Notbremse ziehen wollte, um den nichtswürdigen, dienstfaulen Schaffner zu bekommen, wurde ein schielender, rotbärtiger Hirnschädel in das

Fenster gestoßen, und eine Stentorstimme bellte mir ins Ohr, daß ich beinahe taub wurde: „Coupons!"

Zornig fing ich an, nach den Fahrkarte zu suchen, als der ungeheuere Beamte, das Wasser triefend von jeder Ecke seines Wasserdichten, die Thür aufmachte, einen heftigen Stoß Regen eintreten ließ und mit ruhiger Bedachtsamkeit behutsam auf meine beiden Füße trat.

Ich beschloß, den Stier sofort bei den Hörnern zu fassen. „Potz Blitz," rief ich, „entfernen Sie sich von meinen Schuhen, Sie Hanswurst! Machen Sie die Fenster zu, sofort; wir frieren."

Der Tolpatsch schüttelte seinen Kopf, und mit einem Grinsen, das einen an eine ägyptische Mumie erinnerte, bellte er wieder: „Coupons!"

„Schaffen Sie wenigstens ein wenig Licht für uns," äußerte ich mit eisiger Ruhe, „oder ich werde Ihrer Frau die Aussicht auf eine glückliche Witwenschaft geben."

Ein kleiner Streich kostet nichts, und ich wußte außerdem, daß er mich nicht verstehen konnte.

Der Himmel weiß, was dieser Schaffner aus meinen Worten entnahm; jedenfalls fing er an, fürchterlich zu schimpfen und zu gröhlen in irgend einer ganz unverständlichen Mundart, daß das Tohu Wabohu gräßlich wurde. Wenn ich allein gewesen wäre, würde es mir das größte Vergnügen gemacht haben, das Vieh in seinen Schuhen umzubringen, aber da meine Frau sich natürlich sehr über diesen riesigen Harlequin aufregte, gab ich ihm, ohne weiter mit ihm zu streiten, die

Billets. Von diesem Zeitpunkt ab hatten wir keine Ruhe; es schien, als ob die ganze Eisenbahngesellschaft sich verschworen hatte, uns elend zu machen. Die ganze Nacht haben wir nicht ein Auge zugethan. Ich bestellte telegraphisch warmes Abendessen für Margarethe und mich, aber anstatt des letzteren, bekamen wir ungekochten Schinken, eingepökelte Häringskutteln und Käse; letzterer duftete so stark, daß er ohne Glasglocke bald den Aufenthalt in jedem mittelgroßen Raum zu einer Unmöglichkeit gemacht haben würde. Da wir beide nun jeden der drei genannten Artikel herzlich verabscheuen, sahen wir uns genöthigt, mit leerem Magen weiter zu vegetieren. Alle 5 Minuten trat der Grobian von einem Schaffner herein und verlangte unsere Coupons. Endlich verlor ich die Geduld und weigerte mich, sie ihm zu geben, aber ich sträubte mich nicht ein zweites Mal, nachdem der Tölpel mich beim Kragen ergriffen und mich direkt durch das Fenster an die Luft setzen wollte.

Ich war kaum imstande, dem soeben Erlebten irgend eine komische Seite abzusehen und so entschloß ich mich, ruhig zu bleiben, bis wir in Göttingen angekommen seien, und dort über das monströse Benehmen dieses Drachen in Menschengestalt an die Haupteisenbahndirektion Beschwerde einzureichen; denn es ist schlimm, einen Stier nur zu verwunden — man muß ihn vernichten. Deshalb ertrugen wir auch stillschweigend den Eintritt eines trunkenen Studiosus, der mit einer impertinent näselnden Baritonstimme „Fahr wohl, fahr wohl, mein Herzensslieb" zu singen versuchte, und

ohne Aufhören eine jener Porzellanpfeifen schmauchte,
die irgend wo in ihrer Anatomie eine horrende Flüssig=
keit bergen, die jedes Mal, wenn der Besitzer einen
tüchtigen Zug thut, aufsprudelnd gluckst. Etwas spä=
ter beglückte uns unser Schaffner mit einer fetten
Frau Michel mit einem Papagei und einem Paar
schmutzigen Zwillingen, die darauf beharrten, mir auf
die Kniee zu klettern, wobei es ihnen gelang, etwa
vierzig Fettflecke auf meinen Hochzeitsbeinkleidern anzu=
bringen. Ein Skelett von einem Menschen, mit einem
schwindsüchtigen Husten und einer brennenden, stinkenden
Räucherkerze, um seine Lunge zu stärken, stieg auf der
nächsten Station ein. Jetzt kam unser schafsköpfiger
Inquisitor und machte die Fenster dicht zu. Das
Alpendrücken, von dem ich in jener Nacht heimgesucht
wurde, würde von Odysseus oder einem Lügenmaul von
Reporter unendlich ausgebeutet sein. Das einzige Mal,
wo ich mich kraftlos dazu entschied, von unserem Quäler
eine Flasche Rheinwein zu verlangen, brachte er mir
aus Versehen einen Krug Schiedam, der einen auf
vierzig Schritt hätte töten können.

„Nur nicht ängstlich, Kollege," dachte ich bei mir,
„du bist ein schlauer Fuchs, aber jeder Hund hat seinen
Tag, und meiner kömmt Morgen."

Und nun kommt der seltsamste Teil des ganzen
Abenteuers.

Obgleich wir kaum noch hofften, jene Nacht zu
überleben, thaten wir es dennoch, und wenn ich je er=
freut war, den Sonnenaufgang zu sehen, war es heute
Morgen. Sobald wir in Göttingen ausgestiegen waren,

flog ich mit unserem Gepäck nach dem Wartesaal. Sodann stürzte ich, nachdem ich einen Augenblick Um= schau gehalten, ob Tom auf dem Bahnhofe sei, zu unseren Wagen zurück, um den Schaffner zur verdienten Strafe heranzuziehen.

Dort war er! Er war soeben im Begriff, ein junges Fräulein in das Coupé, das wir verlassen hatten, einzuschieben.

„Kommen Sie hier, lieber Schaffner," rief ich, in= dem ich ihn beim Genick ergriff und derb schüttelte. „Wenn Sie gescheit sind, beginnen Sie augenblicklich Ihren Schwanengesang, denn in einer Minute werden Sie nicht mehr zu den Lebenden zählen."

Er wandte sich erstaunt um, und nun sah ich ein fremdes Gesicht vor mir, das genaue Gegenteil von dem unseres Feindes. Ohne mich weiter aufzuhalten und um Entschuldigung zu bitten, lief ich die Reihe der Wagen entlang, bis ich dem Zugführer begegnete.

„Haben Sie nicht einen rotbärtigen Schaffner auf Ihrem Zuge?" herrschte ich ihn wild an.

Der erschrockene Beamte hielt mich augenscheinlich für einen Geheimpolizisten, auf der Suche nach einem Verbrecher, denn er antwortete mir sehr höflich im ge= mietlichen Sächsisch: „Mei Kutester, scheren Se sich gefälligst zum Teifel, 'en robbärbgen Schaffner hab ich Ihnen keenen nich! Meinen Se ebtwa, dies is hier 'ne Leschmannschaft?"

Eine Sekunde später, ehe ich wieder zu Atem kom= men konnte, sauste der Zug von dannen, und ich blieb auf dem Perron allein mit dem Portier und dem

Inspektor zurück. „Giebt es nicht einen rotbärtigen Menschen, der auf diesem Zuge als Schaffner dient?" fragte ich sie.

„Keine Spur von einem solchen," lachte der letztere. „Wissen Sie, der Conducteur hat ein rothaariges Weib, die ein widerspenstiges Geschöpf der schlimmsten Sorte ist, und infolge dessen kann er kein kastanien- oder erdbeergefärbtes Individuum ertragen. Schon bei dem bloßen Anblick eines solchen stellt sich ein epileptischer Paroxysmus bei ihm ein."

So wurde ich gezwungen, mein resultatloses Suchen aufzugeben, und wir kamen hier nach dem Hôtel. In dem letzten Vierteljahrhundert bin ich nicht so zornig gewesen, wie heute, als ich entdeckte, daß mein Opfer davon geflogen war. Wollte der Himmel," fuhr Herr Jesselson gereizt fort, wie er sich aus seinem Stuhle erhob und mechanisch seine Faust dicht vor dem Gesicht seines Sohnes schüttelte, der zufällig am nächsten saß — „wollte der Himmel, sage ich, daß ich jenen Ausbund hier unmittelbar vor mir hätte, von Angesicht zu Angesicht!"

„Was würdest du in jenem Fall thun, Väterchen?" forschte Tom neugierig.

„Ich würde ihn hängen und zerstückeln," sagte Herr Jesselson mit einer fürchterlichen Miene.

„Dann," flötete Tom sanft, „nimm deinen Rock ab und rolle die Hembärmeln auf; denn ich, Tom, und der Grobian von einem Schaffner sind ein und dieselbe Person."

Die Scene, die jetzt folgte, ist unbeschreiblich. Das

plötzliche Erscheinen eines Nihilisten mit einem dutzend
Höllenmaschinen hätte uns keinen größeren Schrecken
einjagen können.

„Tom,“ stießen Frau Jesselson, Marie und ich fast
einstimmig hervor, ganz wie der Chor einer griechischen
Tragödie, „warst du es wirklich?“

„Es thut mir furchtbar leid, sagen zu müssen,“
versetzte der Angeklagte mit einem seraphischen Ausdruck höchster Glückseligkeit, „daß es wirklich ich und
kein anderer war.“

„Thomas,“ fragte der Vater mild, aus den Tiefen
des Armstuhls, in den er niedergesunken war, als der
erste Schlag der Wahrheit sein Ohr getroffen hatte,
„warum hast du mir das gethan? Ich sage, nicht
ohne Ueberwindung, laß Geschehenes geschehen sein;
aber ich frage doch, warum, warum?“

„Vater,“ lächelte der Sohn ernst, „du erinnerst
dich vielleicht, daß du mir letzten Winter, als ich dir
sagte, daß ich in eins meiner Modelle verliebt sei und
die Absicht habe, die betreffende Dame zu heiraten,
rietest, nichts derart zu thun. „Warte, mein Junge,“
bemerktest du bei jener Gelegenheit, „bis du alle deine
bösen Gewohnheiten, deine Launen, deine Laster abge-
legt und bemeistert hast. Denn vorher hat kein Mensch
ein Recht, sich in eine Frau zu verlieben.“

Diese Worte habe ich immer im Gedächtnis be-
halten, und gestern, als sich mir eine so günstige Gelegenheit bot, zu beurteilen, wie weit du bereits in der
ebenerwähnten Tugend der Selbstüberwindung vorge-
schritten seist, und ein wie großes Recht, dich zu ver-

heiraten, du dir schon erworben habest, konnte ich der Verführung nicht widerstehen, dich ein wenig auf die Probe zu stellen. Ich muß nun leider sagen, wenn ich ganz aufrichtig sein will, daß du trotz deiner hohen Semester immer noch sehr leicht ein Sklave deiner Laune bist, und daß ich deshalb im hohen Grade zweifle, daß deine Heirat ein gutes Ding war."

„Tom," seufzte Herr Jesselson, „du bist gerade wie dein Vater vor dir. Du gabst dir alle Mühe, mich zu angeln, und ich biß Hals über Kopf an. Wenn du mich wieder so behandelst, werde ich dich enterben. Dieses Mal" — er streckte seine Hand aus — „vergeb' ich dir. Du hast, der Himmel weiß wie, eine so liebenswürdige Frau geheiratet, daß ich kein Herz habe, über etwas zu schelten."

Marie errötete bis an die Haarwurzeln, und der Vater fuhr fort:

„Morgen, oder spätestens übermorgen, müssen wir nach Berlin reisen, da ich dort viel zu thun habe. Es ist meine Absicht, dort eine Filiale der Preßgesellschaft, deren Präsident ich bin, zu errichten — sie wird mit uns in New York durch ein Privatkabel vereinigt sein. Wenn ihr wollt, kann ich dir, Tom, und auch dir, Bert, gute Stellungen darin geben — was sagt ihr dazu?"

„Ich sage," rief Tom, „daß mein Väterchen der beste Mensch auf Gottes weitem Erdboden ist."

„Und ich," setzte ich gerührt hinzu, „sage Amen."

„Abgemacht," hub Herr Jesselson mit seinem gnä= digen Lächeln von neuem an, „dann können wir alle en famille nach der Spree-Residenz reisen. Bert, schade, daß du der einzige Hagestolz in der Partie bist."

„Das ist aber nicht meine Schuld," murmelte ich traurig und dachte an Adele.

„Tom," rief Jesselson sen. etwas barsch, „keine Possen mehr!"

„O Himmel," lachte Tom, „mach' dir keine unnötige Sorgen, meine Flegeljahre sind tempi passati."